RIEN N'EST ÉCRIT

DU MÊME AUTEUR

Dépêche-toi, ta vie n'attend plus que toi !, Eyrolles, 2018

SANDRINE CATALAN-MASSÉ

RIEN N'EST ÉCRIT

roman

Robert Laffont

ISBN : 978-2-221-24793-8
Dépôt légal : juin 2020

À Sacha, à Jean-Luc Delarue et à la princesse Diana.

« Je crois qu'on survit
dans les gens qui nous ont aimés. »

Nina Companeez

L'annonce

1

Montpellier, 18 février 2003

Le petit carré de papier glacé, roulé nerveusement sous mes doigts, commence à prendre la forme d'un cylindre. Mon geste est si répétitif que je peux à présent sentir une légère chaleur venir réchauffer mes mains marbrées. Assise dans l'un des deux confortables fauteuils en cuir disposés face au bureau, tête baissée, discrètement attelée à mon ouvrage improvisé, j'écoute Fred avec attention.

— Je suis très lié à votre famille, comme vous le savez, depuis de nombreuses années, peine-t-il à dire, gorge nouée et yeux humides, assis de l'autre côté de l'imposante table en verre.

— Tiens, c'est nouveau, on se vouvoie maintenant, Fred ? lui dis-je, pour le taquiner un peu.

Casque de moto posé négligemment à ses pieds, lampe Bourgie trônant sur le bureau, une vingtaine de scénarios empilés sur une table basse, bibliothèque fournie constituée d'ennuyeux ouvrages juridiques, mêlés à quelques romans de Frédéric Beigbeder et Thornton Wilder, le tout maintenu par de vieux appareils Leica faisant office de cale-livres... Son bureau est un joyeux mélange d'objets design, contrarié par quelques pièces anciennes hors de prix. C'est un endroit que j'affectionne particulièrement. Chaque fois que j'y pénètre, je sais que je peux tout y dire ici, sans me sentir jugée ou attaquée. Un peu comme chez un psy, en fin de compte.

Sauf que Fred n'est pas mon thérapeute mais mon agent artistique. Cela fait vingt ans qu'il s'occupe de ma carrière d'actrice. Depuis le jour où il m'a repérée dans ce téléfilm diffusé en deuxième partie de soirée. Je n'y tenais qu'un petit rôle. Une tirade à déclamer, face caméra. Tout juste trois mots, qui m'ont hissée du statut de silhouette à celui de comédienne et m'ont valu d'être repérée par Fred, échoué ce soir-là devant son petit écran. Il débutait lui aussi sa carrière d'agent, il n'avait encore aucune star inscrite à son actif, ce qui l'obligeait à être à l'affût de nouveaux talents. J'ai dû faire preuve de beaucoup d'imagination pour voir en lui un agent artistique, la première fois que je l'ai rencontré dans un petit bar du quartier latin. Il n'avait vraiment pas le look. Il ressemblait plus à un chauffeur livreur qu'à un homme d'affaires. Mais il m'a parlé de mon jeu d'actrice et de ma sensibilité comme personne ne l'avait jamais fait, de mon potentiel et des belles choses qu'on pourrait faire ensemble si on se faisait mutuellement confiance. Depuis, Fred négocie mes contrats, sélectionne mes rôles tandis que je me concentre pleinement sur mon jeu d'actrice.

Avec son allure faussement négligée, ses célèbres chemises blanches, son blouson de cuir noir, son teint grisé par l'alcool et la cigarette et ses airs de poète maudit torturé sur les bords, Fred aurait pu me plaire. Mais son faible pour les garçons blonds comme les blés a rendu définitivement impossible toute idylle.

Apparemment, l'heure n'est pas aux réjouissances. Malgré ma tentative pour détendre l'atmosphère, Fred garde le visage fermé et l'air grave. Je n'aime pas le sentir aussi tourmenté, il a l'air anéanti. À coup sûr, un contrat cinématographique juteux vient de lui passer sous le nez. Et il n'ose pas me le dire.

— J'aurais voulu ne jamais avoir à vivre une telle situation…, poursuit-il. Il est temps de vous en dire un peu plus.

— Allez, Fred, ce n'est pas si grave. J'ai compris, tu me trouveras un plus beau rôle la prochaine fois. J'ai confiance en toi.

Mon agent grimace, se racle la gorge : le regard fuyant, il cherche de toute évidence à éviter le mien. Cette mise en scène commence à me mettre mal à l'aise. Un frisson inhabituel me parcourt l'échine. Ce n'est pas le froid de l'hiver qui sévit dehors, mais mon esprit qui vient de recouvrer la mémoire. Comment avais-je pu oublier ? C'est moi qui ai chargé Fred de s'occuper de cette mission !

2

— Je t'ai demandé de t'occuper de mon dossier, mais pour l'instant, il n'y a pas de quoi verser des torrents de larmes, dis-je à Fred, un peu agacée par tant de mélodrame. Nous pleurerons bien assez tôt, enfin… vous tous, quand le moment sera venu !

Avec les années, Fred est devenu bien plus qu'un agent. Il est mon ami et mon confident. C'était donc une évidence qu'il soit chargé de cette mission. Il s'est d'abord montré surpris par une telle demande. Elle était si personnelle. J'étais inquiète à l'idée qu'il refuse. Le pauvre, me voyant si désemparée la première fois que je lui en ai parlé, n'a pas eu le choix, il a accepté.

J'ai froid, terriblement froid. Depuis quelques jours, nous subissons des températures étrangement basses pour le sud de la France. J'ai si froid. Mon corps cherche à se réchauffer en grelottant sans interruption depuis tout à l'heure. Ce déploiement d'énergie me plonge dans une nébuleuse, ma vision est un peu trouble, mon esprit flottant. J'ai aussi très mal à la tête. Un étrange son métallique traîne dans ma boîte crânienne. Comme le bruit strident d'une scie à ruban découpant avec précision et obstination un rondin de bois. Je demande à Fred s'il peut monter le chauffage, est-il certain d'avoir payé la facture d'électricité ? C'est le pôle Nord chez lui ! Il ne répond pas, ne semble même pas m'entendre. Le ciel est si bas. À coup sûr, il va neiger.

Fred garde la tête baissée, ses lèvres sont un peu tremblantes, son regard attiré par un document posé sur son bureau.

— Tout ça, c'est pour Joseph, tu le sais, tu dois m'aider, ce n'est pas le moment de flancher, Fred. Je ne vais pas te faire un dessin… c'est mon petit garçon, il n'a rien demandé. C'est trop injuste.

Je soulève légèrement les fesses du fauteuil pour tenter de voir ce qui peut bien être noté sur l'épaisse enveloppe. Marqueur noir, inscriptions à l'envers, écriture manuscrite. Impossible de déchiffrer les quelques mots écrits dessus. Accroché au pli, Fred ressemble à un naufragé perdu en haute mer, désespérément amarré à un débris de navire.

— Fais pas autant de mystères, je sais ce qu'il y a là-dedans, lui dis-je d'un air convenu.

Sans me répondre, tout en faisant claquer sous ses doigts l'angle de l'enveloppe, il propose de commencer l'entretien.

— Si tu y tiens… As-tu bien consigné, comme je te l'ai indiqué, tout ce qui concerne Joseph ? lui demandé-je en jetant un ultime regard au dossier, dans l'espoir d'en deviner l'intitulé.

Sans entrain, Fred prend le temps d'ajuster sa voix comme un ténor avant d'entamer sa partition. Il ne cille pas. Cela accentue l'intensité du moment.

Lorsqu'il demande à Joseph de s'approcher de la

table, je comprends que mon petit garçon a été convié au rendez-vous. Je me retourne brusquement et l'aperçois, assis sagement sur le sofa disposé un peu plus loin derrière moi. Je n'avais pas vu mon fils, bizarrement éteint aujourd'hui.

Mon Joseph, mon rayon de soleil, ce petit bonhomme, aux cheveux châtain clair et aux yeux noisette, illumine ma vie depuis dix ans. Dès que je l'aperçois, une partie de mon cœur, qui n'appartient qu'à lui, s'ouvre et se met à battre avec force. C'est si puissant que ma poitrine s'en soulève d'émotion. Nous nous répondons d'habitude en plongeant nos regards l'un dans l'autre, accompagnés d'un sourire invincible et de bras aussi largement ouverts que l'est notre amour mutuel. Un amour inconditionnel qui ne plaît pas toujours à notre entourage. « C'est bizarre, cette relation fusionnelle », « Ça ne se fait pas », « Tu le couves trop, cet enfant ». Mais on s'en fout. L'amour, s'il est sincère, se donne sans demi-mesure, sans retenue.

Depuis quelque temps, je refais ce cauchemar horrible qui me hantait après la naissance de Joseph. Dans mon rêve, il doit avoir une dizaine d'années ; nous sommes à San Francisco et faisons une balade sur nos vélos Beach Cruiser américains, reconnaissables à leur haut guidon. Nous savourons le coucher de soleil de fin d'après-midi en roulant sans hâte sur une route au bord de l'océan Pacifique. Le sol se met soudain à vibrer, stoppant notre course. Avant que nous ayons le temps de réagir, la faille de San Andreas s'ouvre sous nos pieds. Par réflexe, nous laissons nos vélos *chopper* à l'abri ; mais le temps de comprendre ce qui nous arrive, le sort nous a déjà expédiés chacun sur une rive opposée. Plus la faille s'élargit, plus Joseph s'éloigne de moi. J'ai beau hurler, tendre les bras, je ne peux pas le ramener à moi. Mon petit garçon est terrifié, en larmes, seul et impuissant de l'autre côté. Je tente, dans un geste fou, de traverser la faille à vélo. Je prends mon élan puis fonce avec mon bolide vers le vide. C'est à ce moment précis que je me réveille, avec cette sensation atroce de séparation, d'impuissance et de vie stoppée net.

Joseph a mis ses plus beaux habits aujourd'hui. Sous son blazer bleu marine, j'aperçois une chemise à carreaux boutonnée jusqu'au col. Son pantalon en velours côtelé lui donne un air de petit garçon modèle. Il obéit à Fred, se lève et quitte peu à peu la pénombre qui règne au fond du bureau. Sa silhouette se rapproche de nous, son visage entre progressivement dans la lumière et ses expressions se précisent. Sa mine est creusée, son regard brouillé et il est à peine coiffé.

Je lui tends les bras pour l'accueillir, tout en lui souriant.

— Tu te cachais, mon tendre amour ! lui dis-je d'un air taquin.

Mais Joseph, impassible, me frôle sans m'adresser le moindre regard. Mon cœur se froisse comme une feuille de papier, mes bras se contentent alors de s'emplir du souffle d'air glacé laissé par le sillage de l'enfant. Il semble très contrarié.

— Que se passe-t-il, Joseph ? lui dis-je un peu inquiète, tout en inclinant machinalement la tête.

Il sait ce que cela veut dire. J'ai toujours été à son écoute et disposée à tout entendre, à tout pardonner.

Mais là, pas de réponse. Quand Joseph fait la tête, il est le champion du monde ! Je suis vexée, mon cœur se serre et les larmes commencent à monter. Il préfère se rapprocher de son papa, Raphaël, présent lui aussi, assis dans le fauteuil à côté du mien. Joseph s'appuie sur l'accoudoir, prend le bras de son père, replie une jambe comme un flamant rose, puis commence à tortiller son bassin dans tous les sens, à la manière des enfants désœuvrés.

Mais qu'ont-ils tous aujourd'hui à faire cette tête d'enterrement ? La pauvre fille, celle qui n'a pas de chance, c'est moi ! Excédée, je me lève et me dirige vers la fenêtre. Une bouffée d'air glacé calmera mon sentiment d'incompréhension. J'aperçois par les vitres la place de la Canourgue, son mini-jardin à la française, ses platanes centenaires, ses immeubles en pierre de taille fraîchement rénovés, ses cafés discrets où j'aime tant prendre un moment pour boire un thé au jasmin sans être reconnue ou sollicitée par des admirateurs. J'aime cet endroit. La vision est un peu déformée par les verres soufflés à l'ancienne. À la vue de ce paysage encore tout endormi au creux de l'hiver, l'apaisement me gagne à nouveau. Je consens à rejoindre mon siège, prête à entendre ce que Fred a de si important à nous lire.

— Nous t'écoutons, dit gravement Raphaël, tout en serrant notre fils très fort dans ses bras.

— Pourquoi as-tu amené Joseph ? lui dis-je en chuchotant. Il n'est pas encore censé savoir…

3

L'attitude mystérieuse de Fred, celle tout aussi étrange de Joseph, et Raphaël, si peu loquace, commencent vraiment à m'effrayer. Quelle est donc cette sensation d'irréalité qui plane autour de moi ? Et si j'étais tout simplement dans mon lit en train de rêver ? Je vais bientôt me réveiller, c'est certain, tourner mon regard vers Raphaël, encore endormi à côté de moi. Peut-être ferons-nous l'amour pour calmer nos ardeurs matinales ? La maison est souvent encore ensommeillée à cette heure-là, et suffisamment grande pour que personne ne nous entende. Si c'est dimanche, Raphaël apportera le petit déjeuner au lit. La bonne odeur de croissants chauds finira de m'extirper de mon sommeil. Il me dira que je suis belle, même avec ma chevelure ébouriffée, les plis du drap imprimés sur le visage et un petit reste de mascara ancré sur le haut de la pommette. Et je le croirai. Joseph et son chien finiront par nous rejoindre, manquant de renverser le café noir. Je plongerai mon visage dans mon bol, avec un regard complice à Raphaël, en me remémorant les ébats qui viennent d'avoir lieu dans ce lit à présent transformé en radeau de la Méduse.

— Vous allez découvrir, à présent, le contenu de cette enveloppe laissée par Daisy, réussit à prononcer sans bafouiller Fred. Merci de ne pas m'interrompre. Vous pourrez me poser toutes vos questions après.

— Hep, hep, hep ! Suis-je à ce point transparente ? dis-je en interpellant Fred.

Pour le contraindre à me répondre enfin, je me lève d'un bond et pose mes deux mains à plat sur son imposant bureau. En me penchant, je parviens enfin à lire à l'envers l'intitulé du pli : « Volontés de Daisy : à ouvrir uniquement le jour de son décès. »

Imperturbable, Fred se saisit de son coupe-papier pour décacheter l'enveloppe. Il faut conjurer le sort, empêcher l'inévitable. Je tente de lui dérober le pli avant qu'il ne l'ouvre. Mouvements ralentis, gestes trop courts, ça commence à ressembler à un mauvais scénario. J'ai de plus en plus froid. Mes yeux sortent de leurs orbites, ma bouche reste entrouverte sans pouvoir émettre le moindre son, mes bras sont trop courts pour stopper Fred. Quand vais-je me réveiller, bon sang ? Sortir de cet affreux cauchemar ! J'entends déjà le bruit du papier disséqué par la lame. Trop tard, l'enveloppe est ouverte ! Et je ne suis pas dans mon lit. Tout est bien réel.

Je me tourne rapidement vers Raphaël dans l'espoir qu'il me vienne en aide. Il ne me voit pas. Ses yeux vides semblent transpercer mon corps pour fixer l'enveloppe désormais éventrée.

Sous le choc, je recule de quelques pas : je sais bien ce qui est en train de se passer. Non, pas maintenant, je ne veux pas. J'ai dit non ! Je commence à suffoquer, ma démarche est incohérente, je m'appuie sur les murs blanc immaculé à la recherche d'une issue de secours. Il n'y en a pas. Je suis condamnée à écouter la suite.

Dans ma course folle, mon pied marche sur un trombone tordu égaré par terre. Il s'enfonce en profondeur dans mon gros orteil. Curieusement, je ne ressens aucune douleur, et aucun écoulement de sang ne vient tacher le parquet vitrifié de l'agence. Pourquoi n'ai-je pas de chaussures ? Quelle drôle d'idée de se balader pieds nus en public. En remontant le long de mes jambes, je constate avec étonnement que je suis vêtue d'une blouse blanche nouée dans le dos. Étrange tenue pour rendre visite à son agent… Me suis-je échappée d'un asile quelques heures plus tôt ? Suis-je en train de répéter mon prochain rôle ? Peut-être que Fred et ce petit monde me donnent la réplique… Je me précipite vers le miroir disposé dans un coin de la pièce afin de vérifier si mon corps est toujours bien réel. Il l'est, mais je me trouve très amaigrie. Mes pattes d'oie autour des yeux se sont amplifiées, mes joues forment deux vallées profondes, mon teint est terne comme si j'avais eu la jaunisse, mes cheveux clairsemés, mes lèvres pâles sont craquelées, un énorme hématome couvre ma tempe droite, juste à l'endroit où s'obstine mon terrible mal de tête. Maquilleuse, coiffeur, éclairagiste, faites votre boulot !

Je m'écroule sur le plancher du sublime bureau de Fred. Instinctivement, mon squelette se recroqueville en position fœtale. Un peu de tenue, enfin ! Ce n'est ni le lieu ni l'endroit.

J'entends au loin la voix monocorde de Fred, sans pour autant distinguer ce qu'il dit. Malgré la rude épreuve, mes doigts n'ont pas lâché le petit bout de papier cartonné que je tenais en arrivant. Je le déroule pour voir ce qu'il contient : un geste absurde en ce moment si terrifiant. J'espère y trouver un peu de réconfort, ou une explication rationnelle à tout ce qui est en train d'arriver. Il s'agit d'une photo. Le cliché est craquelé par mes multiples manipulations nerveuses, mais je peux encore distinguer le visage d'un petit garçon qui rit aux éclats dans les bras d'une femme. C'est Joseph et moi. Sur la plage de Carnon, chez nous, tout près d'ici, un jour d'été. La tête penchée en arrière, ne se fiant qu'à la force de mes bras pour le retenir, il semble sourire aux rayons du soleil.

Comme j'étais belle. Comme nous étions heureux.

C'est trop tôt, pas maintenant. Je n'ai pas fini. J'ai tant de choses à faire, tant de choses à montrer à Joseph. Il va avoir tellement besoin de moi. Comme il va être triste ! Je lui avais promis d'être à la maison ce soir pour ramener à la vie l'insecte que nous avions congelé dans un glaçon l'été dernier…

Je n'y crois pas.

Je refuse d'y croire.

Je suis morte.

4

Joseph et moi

Je savais que c'était un garçon. Dès le résultat de ma prise de sang, quand l'hormone HCG[1] s'était emballée. Dès que des cellules quasi invisibles d'un autre être vivant ont commencé à s'assembler en moi. À l'instant même des premières nausées matinales, la bassine posée à côté de mon lit, et des envies irrépressibles de pommes granny-smith, habituellement trop acides, ou de salades de betterave au goût âpre de terre humide. Ma conviction n'a fait que grandir jusqu'au moment de la première échographie, lorsque est apparue, sur l'écran noir du moniteur, cette petite étoile lumineuse clignotant de toutes ses forces. J'ai entendu ses premiers battements de cœur, vifs, vigoureux, que rien n'aurait pu arrêter. Là aussi, je savais que c'était un garçon. Un être assoiffé de vie avait choisi de pousser dans mes entrailles. Moi, la petite fille issue d'une famille matriarcale qui avait été attendue comme un garçon. Si j'avais

1. Hormone chorionique gonadotrope humaine (indicatrice de grossesse).

pu éprouver enfin le désir d'enfant, ce n'était pas pour rien. C'était bien pour avoir un garçon. J'avais autant de certitudes sur son sexe que sur son apparence. Cet enfant serait brun à la peau mate…

Joseph est venu au monde quasi roux et avec la peau claire.

5

1er septembre 2001, un an et demi plus tôt

Avec l'âge et l'expérience de la vie, on dit qu'on s'assagit, qu'on est moins tourmenté, moins impulsif. On dit aussi qu'on est plus enclin à faire des concessions. C'est là où, en ce qui me concerne, j'ai dû rater un virage. À quarante-cinq ans, une vie bien remplie, une carrière accomplie et une famille unie, je ne peux me résoudre à vivre tièdement ce bonheur. Raphaël me compare souvent à un électron libre incapable de se fixer. Qu'importe la raison, le prétexte, pourvu que je ressente toujours dans ma poitrine cette énergie bouillonnante. Ce sentiment d'urgence, si vertigineux, me donne parfois l'impression que je ne vais pas avoir le temps de tout voir, de tout vivre. Est-ce prémonitoire ?

Aujourd'hui, mon dynamisme semble décuplé sur le plateau de tournage. C'est une bonne énergie, qui pourra me servir pour interpréter ma scène dans quelques minutes. Seul bémol, mes deux heures de retard, sans raison valable, qui ont mis

Norbert, le réalisateur de la série, d'une humeur de chien.

Nous tournons aujourd'hui en décor naturel dans le cœur de ville montpelliérain. Il est encore tôt mais le quartier commence déjà à s'animer. Fred, venu me rejoindre sur le tournage, traverse la place avec moi. Sa chemise blanche mal ajustée (sa vie nocturne a dû être agitée), il ne cache pas son exaspération devant mon comportement d'enfant gâtée. Son expérience du show-business lui donne tous les droits, y compris celui de me livrer sans détour ses impressions.

— Putain, Daisy, tu joues à quoi, là? Tu mets toute l'équipe à la bourre avec tes caprices à la con. Tu veux vraiment te faire détester? On a beau faire partie de « la grande famille du cinéma », les techniciens, ça parle ! Je t'aurai prévenue, sale môme.

Sur le plateau en extérieur, accessoiristes, chef opérateur, scripte, soulagés de me voir enfin arriver, commencent à s'animer. Norbert, quant à lui, bondit vers moi. Il brandit tout près de mon visage son doigt inquisiteur, compresse ses fines lèvres comme pour retenir des mots réprobateurs, puis renonce à distiller son venin, préférant revenir sur ses pas. Il se dirige, concentré, vers la caméra, s'assoit rapidement devant le moniteur, puis applique les écouteurs sur ses oreilles.

— Daisy, on t'attend. Mais si tu le sens pas, ne le fais pas. C'est toi qui vois. C'est vrai... Après tout, on a tout notre temps sous ce soleil plombant. Un pur bonheur.

Je ne pensais pas qu'il le prendrait aussi mal.

— Moteur… Ça tourne… Action ! hurle-t-il pour la première fois de la journée.

En actrice pro, je décide de faire profil bas et de ramener le calme sur le tournage. J'enchaîne les séquences et les prises tout au long de la matinée. Raccords maquillage, pauses au buffet et selfies en compagnie de fans surexcités animent les longues périodes d'attente entre deux prises.

Je m'étais toujours dit que je n'accepterais jamais de tourner pour la télé et encore moins en province, par-dessus le marché. En principe, le cinéma ne fait pas bon ménage avec sa petite sœur cathodique. Je me souviens encore des hurlements de Fred lorsque je lui ai annoncé avoir quasiment signé seule le contrat.

— Tu es une grande malade. Pourquoi pas une sitcom chez AB Productions, tant que tu y es ? Ton César, tu peux t'en servir de cale-porte, ma pauvre fille.

Je ne réponds jamais aux protestations bruyantes de Fred. Il n'aurait pas compris si je lui avais parlé d'intuition, d'élan vital, de cette petite voix dans ma tête qui me dit de plus en plus souvent, ces derniers temps, d'écouter ce qui est bon pour moi. Il m'aurait regardée avec des yeux ronds si je lui avais confié mon envie de m'éloigner de Paris, de revenir vivre dans ma ville natale, Montpellier. Je ne lui ai pas parlé non plus de ces images qui trottent dans ma tête : de soleil, de plage, de sardines grillées, de flamants roses et de maison perdue entre la mer et les étangs. Non, j'ai préféré me taire ce jour-là, quitte à passer pour une égoïste inconsciente qui fout sa carrière en l'air.

C'est donc sous le soleil du Languedoc que je vais vivre les deux prochaines années, durée de mon apparition dans la série télé, comme le stipule mon contrat.

Privilège des stars, j'ai rapatrié de Paris toute ma petite tribu : Filipa, la cuisinière qui fait aussi office de gouvernante, sa fille Louise, Hubert, notre chien, Raphaël, sans oublier Joseph, scolarisé dès la rentrée prochaine à Montpellier.

Raphaël a mis en stand-by son métier d'architecte pour quelques semaines, le temps du déménagement. Il nous a déniché une petite merveille, à l'abri des regards trop curieux. Personne ne pourrait imaginer que Daisy Gardel vit depuis quelques semaines à Carnon, dans cette petite station balnéaire du sud de la France où maisons californiennes et *old houses* se côtoient sur un petit kilomètre.

J'ai eu le coup de foudre pour cette vieille maison des années cinquante dès que je l'ai vue. Construite sur deux étages, avec une décoration intérieure inspirée de Le Corbusier, elle compte six chambres, deux salles de bains, une immense pièce à vivre aux baies vitrées donnant sur la mer, un garage démesuré, idéal pour stocker les planches à voile et le matériel de pêche de Raphaël. Nous avons investi cette maison dans son jus, en posant nos affaires comme pourraient le faire des saltimbanques.

Joseph découvre un peu plus tous les jours son nouveau terrain de jeu. Ça le change des espaces verts parisiens. Le bac à sable est un peu plus grand que celui proposé dans les squares de la capitale. Une balançoire en bois solidement harnachée à un vieil eucalyptus a remplacé le toboggan en plastique des aires de jeux. La pelouse fournie et vert émeraude des parcs urbains a laissé place aux envahissants tapis de griffes de sorcière, ces plantes grasses méditerranéennes aux feuilles charnues et fleurs roses. D'un côté de la maison, Joseph s'adonne aux joies des châteaux de sable et du *bodyboard*. De l'autre, côté rue, il joue à cache-cache avec Louise à l'ombre des pins. Même s'il ne dit rien, je sais qu'il est un peu triste d'avoir quitté sa bande de copains parisiens ; mais je n'avais pas le choix. L'occasion était trop belle et mon intuition trop forte.

Et quand on parle du loup, le voici ! Joseph déboule aux abords du buffet improvisé à deux pas du tournage, suivi des aboiements stridents de notre jack russell.

— Mamou ! hurle-t-il de joie en se jetant dans mes bras. Les enfants ne se soucient guère du statut de star. Sur un plateau de cinéma ou à la maison, une maman reste une maman !

Ses petits bras, en voulant me serrer très fort, m'enlèvent la moitié de mon fond de teint puis manquent de décapiter mon impressionnante coiffure à la mise en pli exagérée.

— C'est quoi cette coiffure ? me dit-il en esquissant un sourire édenté. T'es pas ma maman, finit-il par dire, la mine dégoûtée. On y va, mamou ? poursuit-il en tirant sur ma robe.

Les paroles de mon fils n'ont pas échappé à Norbert, venu avaler entre deux prises un petit café. Il devient blême en devinant notre projet.

— Qui va où ?

— Moi. Joseph. En ville.

— Et le tournage ?

— Sans moi.

— Ça y est, ça la reprend ! hurle-t-il en jetant violemment son gobelet par terre. T'es barge, Daisy... Tu peux pas faire ça !

— Détends-toi, Norbert, ça va bien se passer, même sans moi. Tiens, prends ma doublure lumière au lieu de la laisser poireauter dans un coin. Un vrai rôle, elle n'attend que ça !

Je quitte lentement les lieux en tirant Joseph par la main, laissant derrière moi une équipe paniquée. Malgré mon arrogance apparente, je n'en mène pas large à l'idée de planter tout le monde. Ces derniers temps, j'ai du mal à me reconnaître moi-même. Hier encore tout le monde adorait travailler avec moi. Si je continue mes sautes d'humeur, ils risquent tous de changer d'avis ! Mais c'est plus fort que moi, je dois partir. Tout de suite. Avec Joseph. Je dois rattraper tous ces jours de tournage passés loin de lui ces derniers mois. Coûte que coûte.

Quand j'y pense, une boule de remords se met à jouer au flipper dans mon ventre. J'ai raté ses premiers pas, sa diversification alimentaire, sa première coupe de cheveux, son premier essai à vélo sans les petites roues et sa première chasse aux œufs de Pâques dans la cour de l'école, le moment du bain, l'histoire du soir avant de s'endormir. Tous ces instants anodins que l'on gaspille sans compter parce qu'on les pense inépuisables.

6

Joseph et moi

Et puis ils t'ont mis contre moi. Nos corps enchaînés depuis neuf mois se sont dit adieu, et nous avons alors pu faire connaissance. Toi posé sur ma joue, recouvert de liquide amniotique, moi allongée sur la table d'opération, les entrailles encore ouvertes puisque tu es venu par césarienne. Pas le droit de te toucher. Juste de sentir, tout près de mes cils, ton souffle de petit animal apeuré. Tes yeux mi-clos badigeonnés d'éosine, ta face aussi ronde que la lune et le bonnet posé sur ta tête te donnent un air de Mister Magoo. Tu ne ressembles pas à l'enfant que j'attendais. Et pourtant, je t'aime déjà plus que tout.

7

Joseph

Faim. Soif. Froid. Chaud. Mouillé. Peur. Pleurs. Comptines. Jour. Nuit. Dodo. Bruit. Silence. Bras. Voix. Douceur. Caresse. Sourire… Maman !

8

Dans la loge, après avoir débarrassé mon visage de son épaisse couche de fond de teint, j'enfile à la hâte une tenue de ville plus adéquate pour une balade dans le quartier de l'Écusson. Un pantalon blanc, une marinière et des tennis feront l'affaire.

La voix de Raphaël m'extirpe de mon dressing. Il n'est pas content. Assise sur une chaise dans un coin de la loge, je lace lentement mes chaussures pour ne pas avoir à relever les yeux vers lui et affronter son regard. Il dit qu'il est choqué par la scène à laquelle il vient d'assister sur le tournage, qu'on ne réagit pas de manière aussi imprévisible dans la vraie vie, que je ne tourne pas rond et que je devrais consulter un psy. Je sais tout ça. Mais je n'ai pas envie de l'entendre.

Les mains dans les poches, Raphaël me regarde enfin sans rien dire après sa cascade de reproches. Il semble presque résigné puis il finit par me coller un baiser réparateur sur le front tout en me souhaitant de passer, malgré tout, un bon après-midi avec Joseph. Je n'aime pas quand il fait ça, j'ai l'impression d'être une gamine à qui l'on vient de pardonner une bêtise !

— Qu'aimerais-tu faire cet après-midi avec ta maman ? dis-je à Joseph qui n'a pas perdu une miette de notre conversation houleuse.

L'enfant me prend la main, me regarde, réfléchit, les yeux écarquillés. Je sens que son imagination est en ébullition.

— Mamou, je voudrais prendre le train.

— Le train ? Pour retourner à Paris ? Mon chéri, en un après-midi nous n'aurons pas le temps de faire l'aller-retour.

— Non mamou, le petit train blanc qui traverse la ville, précise-t-il.

Joseph a des envies de balade touristique dans le centre-ville de Montpellier. Rien de plus accessible pour le commun des mortels. Un peu plus compliqué lorsqu'on est une star de cinéma. Sur le trottoir, j'ajuste mes lunettes noires. La visière de ma casquette exagérément inclinée sur mes yeux, nous filons prendre nos tickets sur la place de la Comédie, point de départ du petit tortillard.

— Deux tickets, s'il vous plaît ! dis-je au guichetier planqué dans son abri en préfabriqué.

— Voilà, me répond-il le regard en biais.

Je le soupçonne de m'avoir reconnue. En me rendant la monnaie, l'homme amorce un début de question. Il me pointe alors du doigt et entame un plissement des yeux.

— Non, c'est pas moi, lui dis-je en devançant sa question tout en prenant les tickets à la volée.

Le petit train arrive. Les voyageurs du circuit précédent descendent, et nous prenons rapidement place. Nous nous entassons parmi les touristes étrangers. Avec un peu de chance, ils ne sont peut-être pas fans de cinéma français.

Nous voilà embarqués à la vitesse vertigineuse de dix kilomètres heure dans les ruelles ombragées de la ville piétonne. Nous traversons le centre historique à l'architecture médiévale, les quartiers Sainte-Anne, Saint-Roch, passons sous l'arc de triomphe. C'est joli, j'irais même jusqu'à dire reposant. Comme une mère ordinaire, incognito, je me délecte des éclats de rire de mon enfant et de ses yeux émerveillés pour un rien. Joseph ne cesse de s'agiter sur la banquette en face de moi, regarde de tous les côtés comme s'il ne voulait rien rater d'un spectacle pourtant ordinaire. Par moments, il me tient la main, m'inonde sans raison de baisers quand je m'y attends le moins. Je donnerais dix ans de ma vie pour que cela ne s'arrête jamais. Je l'aime tant ! Mais je contiens mes élans pour ne pas l'étouffer avec tant d'amour. Je me contente de le prendre dans mes bras lorsqu'il décide de s'y réfugier, alors que je voudrais le dévorer à tout instant.

C'est peut-être ce séjour à l'hôpital qui nous a rendus si fusionnels. Quinze jours après sa naissance, Joseph s'est mis à ne plus manger, à dormir plus longuement qu'un nourrisson n'en a besoin habituellement dans ses premiers jours de vie. S'il ne trouvait pas son rythme, c'était parce que je m'y prenais mal, me disait le pédiatre. Puis Joseph s'est mis à avoir de la fièvre, beaucoup de fièvre. Je savais que cet enfant n'allait pas bien. Le pédiatre, agacé par mon énième coup de fil, me disait de ne pas céder à la panique, d'avoir davantage confiance en moi, que le bébé était simplement incommodé par la chaleur de ce début d'été. Mais moi je savais qu'il y avait autre chose. Je le sentais tout au fond de moi. Je suis partie aux urgences en pleine nuit. Mon bébé a été sauvé in extremis. Joseph avait un début de septicémie. Nous avons séjourné quinze jours en unité mère-enfant, lui, reprenant peu à peu des forces, moi, le maintenant en vie, dans un « peau à peau » rythmé par le bruit infernal des monitorings des autres petits malades. Alors oui, notre lien est spécial.

Un flash vient nous surprendre dans nos éclats de rire en pleine balade en petit train. La crainte du paparazzi se dissipe quand je m'aperçois que le photographe n'est autre qu'une enfant, passagère du train, armée d'un Polaroid. Avec un large sourire, la fillette sermonnée par sa mère nous tend la photo de l'instant volé. Encore éblouie par la lumière produite par l'appareil, je suis surprise par ce cliché saisissant de vérité. La petite fille a immortalisé sans le savoir le lien qui nous unit Joseph et moi. Sur ce cliché, mon visage apparaît serein, mes traits sont détendus. Un doux sourire orne mes lèvres tandis que mon regard, un soupçon préoccupé, scrute l'horizon. Joseph, blotti tout contre mon épaule, lève son visage vers moi. Son expression est bouleversante. Je peux y apercevoir l'amour infini qu'il me porte, sa joie et toute la confiance qu'il place en moi. Je remercie la petite fille et glisse la photo dans mon sac en bandoulière.

Joseph regarde à présent le paysage, les vitrines des boutiques de prêt-à-porter et de vente à emporter.

Il semble fasciné par les passants contraints, au passage du petit train dans les étroites ruelles de la ville, de coller leur dos contre les murs de pierre pour ne pas se faire écraser. Joseph se tient fermement à l'armature en fer composant l'habitacle. Sa frange trop longue vole sous l'effet de la vitesse. Derrière lui, sans un mot ni un geste, durant quelques secondes volées, je hume son odeur corporelle précipitée vers moi par la brise. Il sent le propre, un parfum de gel douche à la fleur d'oranger mêlé à une odeur rassurante de lait et de céréales.

Quarante minutes plus tard, le petit train nous ramène à notre point de départ, sous les platanes de l'esplanade Charles-de-Gaulle. Je pensais que nous pourrions aller manger une glace en terrasse. C'était compter sans l'enthousiasme intarissable de mon gamin.

Après trois tours de piste sur un poney, une série de sauts improvisés dans les jets d'eau de la fontaine et un passage éclair à la boutique de jeu vidéo située tout près d'ici, Joseph consent enfin à se poser sur un banc, le temps de manger son goûter. Nous restons sans parler quelques minutes, à savourer ce moment… Et Joseph, son beignet au chocolat.

— Mamouuu ? dit Joseph en laissant traîner sa voix.

— Oui, chéri ?

— Pourquoi on est ici ?

— Parce que c'est bien de se reposer un peu, tu crois pas ?… lui dis-je essoufflée.

— Non, maman : pourquoi on est à Montpellier ? insiste-t-il.

— C'est pour le travail de maman… tu le sais.

L'enfant semble se contenter de cette réponse. Il laisse ses jambes pendre et se balancer sous le banc, tout en reprenant une bouchée de beignet. Le sucre glace entoure ses fines lèvres prêtes à poser une autre question.

— Et mes amis de Paris, je les reverrai ?

— Mais bien sûr, Joseph, lui dis-je avec conviction. Tiens, si tu veux, on va les inviter pour les prochaines vacances.

Joseph me sourit, satisfait.

— Et puis j'aurai de nouveaux copains ici aussi ? s'enthousiasme-t-il.

— Oui mon chéri, tu auras deux fois plus de copains, si on réfléchit bien !

La perspective semble le revigorer. Joseph s'applique à croquer les bords du beignet en le faisant régulièrement tourner sur lui-même.

— Toi, maman, tu ne me quitteras jamais, tu seras toujours là, hein maman ?

— Oh oui, mon chéri, je te le promets ! lui dis-je en mettant toute ma conviction dans l'intonation de ma voix.

— Tu es une maman chewing-gum, hein ?

— Qu'est-ce que tu es allé inventer encore ?

— Ben oui maman, tu es une maman chewing-gum, on peut te tordre dans tous les sens, tu reviens toujours à ta place, tu es indestructible... comme un chewing-gum, quoi ! sourit Joseph.

Une main vient s'emparer de la mienne, interrompant ce moment de serment. Une main lourde, ferme, inquisitrice, séchée par le soleil. Elle appartient à une gitane. Comme surgie de nulle part, elle insiste pour me prédire l'avenir. Je tente de me dégager, mais elle me retient avec insistance. Son accent, sa voix si forte, les couleurs vives de sa tenue font peur à Joseph. Il n'a pas l'habitude de tant d'intensité. À Paris les passants sont tous vêtus de gris ! Joseph n'a pas trouvé mieux que de saisir mon autre main pour se masquer les yeux. Comme si ma paume, réussissant à peine à couvrir son visage, pouvait le protéger de tous les dangers. Mais j'oubliais : les mamans, c'est invincible et ça peut tout affronter. Me voilà sur l'esplanade la plus réputée de Montpellier, les bras écartelés entre une voyante et mon fils : pour la sortie incognito, c'est raté ! Tant pis, je ne vois pas d'autre solution, sur l'instant, que de tenter la passe de Wonder Woman. Je me mets alors à tourner sur moi-même comme une toupie. En deux tours seulement, l'affaire est réglée. La gitane, ne pouvant résister au tournoiement, lâche ma main pour finir sa course sur le fin gravier qui recouvre le sol de l'esplanade. Joseph, lui, a trouvé ça plutôt drôle. Avant que la gitane ne recouvre ses esprits, nous nous engouffrons dans les ruelles escarpées et sinueuses du quartier piétonnier. Un point de côté nous ralentit, mais nous sommes suffisamment loin à présent de la diseuse de bonne aventure pour nous accorder une halte. Elle ne nous voulait rien de mal, juste nous faire une prédiction contre quelques pièces. Mais lorsqu'elle a saisi ma main, un fluide froid a parcouru ma colonne vertébrale. Ma petite voix intérieure semblait me crier de ne pas écouter un traître mot de ce qu'elle pourrait m'annoncer.

D'un pas léger en cette fin d'après-midi, nous sommes prêts à continuer nos aventures lorsqu'un vertige s'empare de moi, un gouffre sous mes pieds semble m'attirer vers le fond. Une lueur blanche s'obstine devant mes yeux, je ressens soudain une vague de chaleur intense remonter le long de mon corps. Puis c'est le trou noir.

Lorsque j'ouvre à nouveau les yeux, j'ai l'impression d'avoir dormi plusieurs heures.

Encore en position allongée, j'aperçois le plafond de la nef d'une église. Les gens m'ont transportée dans l'endroit le plus frais du quartier. Je reconnais le visage de Norbert au-dessus de moi. Joseph a dû l'appeler avec mon portable. Il n'a eu que quelques rues à traverser depuis le lieu du tournage. Pour une fois, il sourit. Il a dû avoir très peur.

Norbert m'aide à m'asseoir sur les marches de l'autel puis me tend une petite bouteille d'eau fraîche.

— Tu es enceinte ?

— À quarante-cinq ans, tu rigoles ?

— Tu ne serais pas la première à qui ça arrive. Va voir un toubib pour vérifier.

— Je le ferai, je te le promets.

— Vite, me dit-il en posant gentiment sa main sur mon genou.

Ses pas s'éloignent sur les dalles usées de l'allée centrale de l'église. Et si Norbert avait raison ? Et si j'étais enceinte ? Sinon comment expliquer les étourdissements, les maux de ventre, ballonnements, diarrhées et vomissements qui m'assaillent depuis plusieurs jours ? Moi qui croyais que c'était le stress du tournage ! Je tente de cacher mon inquiétude à Joseph resté à côté de moi sur les marches. Ses grands yeux semblent me demander une explication. Je lui réponds par un sourire forcé mais peu convaincant et lui demande de ne rien dire à son père. Ce sera notre secret.

Je sors de ma poche mon portable puis tapote lentement quelques mots. « Fred, j'ai besoin de voir un médecin. Sois discret. Raphaël ne doit rien savoir. »

9

4 septembre 2001

L'air iodé de la mer s'engouffre lentement entre mes seins, quelques grains de sable viennent caresser le bout de mes cils. La clarté du soleil s'amuse à dessiner des formes abstraites sous mes paupières closes. Face à la plage, allongée dans mon transat sur la terrasse aux dalles éventrées de la vieille maison, je rêve à ma nouvelle vie dans le Sud.

Joseph est encore au lit, Raphaël, lui, est déjà sur le pont. Il attend de pied ferme le jardinier, pour remettre en état le terrain laissé à l'abandon par les anciens propriétaires. Il y a encore, à l'arrière de la maison, une table et des chaises en fer forgé rouillé. Un banc en teck a fini par blanchir. Le climat méditerranéen qu'offre la région va plaire à Raphaël. C'est un homme de la terre, aussi robuste qu'un chêne, jamais malade, pouvant vivre à l'extérieur quelle que soit la météo. Sa tignasse brune souligne ses origines italiennes. Son regard magnétique intrigue autant qu'il attire. J'aime sa force authentique. Il pourrait me broyer d'une seule main s'il le décidait. Tiens, tout comme les épines de pin qu'il porte dans son gant de jardinier et qu'il s'apprête à jeter au beau milieu du feu allumé dans le jardin.

Quant à moi, aujourd'hui, c'est mon jour off de tournage. Je vais pouvoir enfin profiter de cette nouvelle demeure et de ses habitants. La vieille maison spacieuse permet d'héberger Filipa et sa fille Louise, qui a le même âge que Joseph. Ces deux-là sont quasiment frère et sœur. Ils se soutiennent, se protègent, se chamaillent et se réconcilient comme une vraie fratrie. Louise n'avait que cinq ans lorsque sa mère est entrée à mon service. Libre comme l'air, originaire de Buenos Aires, Filipa, mère célibataire, n'a pas hésité une seconde à boucler ses valises lorsque je lui ai proposé, il y a tout juste deux mois, de me suivre dans le Sud. Sa vie amoureuse est plutôt sur pause en ce moment. Elle est pourtant jolie, Filipa. Des cheveux bruns très courts, une silhouette longiligne, portant souvent un jean et un petit chemisier bohème chic, tout cela lui donne un air de Cristina Córdula. Embauchée pour ses talents de cuisinière, elle gère aussi l'entretien de la maison, les courses, le linge… À mes yeux, Filipa est bien plus qu'une simple employée. Elle sait tout de moi, depuis ma dernière gastro jusqu'à la couleur de mes sous-vêtements.

J'entends des pas bruyants sur les marches en bois de l'escalier. Le bruit sourd des pieds nus frappant le sol m'indique que Joseph est réveillé, et qu'il va débouler d'une minute à l'autre. Dans son sillage je devine la démarche plus réservée de Louise. En petite fille bien élevée, un soupçon effacée (toujours mesurée quand elle s'exprime, jamais un seul gros mot, comme l'exige sa maman), Louise est déjà habillée. Elle porte un petit short en jean qui dévoile ses jambes longues et frêles, ainsi qu'un joli chemisier en broderie anglaise. Les taches de rousseur qui recouvrent son visage et ses lunettes cerclées de métal doré accentuent son air romantique. Ses longs cheveux châtain clair sont soigneusement divisés en deux tresses disciplinées. Tandis que Joseph m'embrasse brutalement, sans retenue, dans le dos, manquant de renverser ma tasse de thé, la petite fille préfère me déposer un délicat et à peine perceptible baiser sur la joue.

Aujourd'hui, pour profiter de ce jour sans tournage, j'aurais pu réaliser des choses extraordinaires avec Joseph : lui offrir un cheval, privatiser une piscine publique, organiser un baptême de l'air. Non, j'ai décidé de lui donner bien plus que cela… Les enfants ont fini de déjeuner. Sur le canapé, ils s'amusent à compter leurs grains de beauté respectifs. C'est à celui qui en aura le plus.

— Tu en as douze, Joseph, comptabilise Louise.

— Et toi onze. Tu as perdu !

— Mais non, ma tache lie de vin compte double… c'est moi la plus forte !

— Tricheuse !

Parfois je les entends parler de la tache de naissance que Louise a sur la nuque. Joseph aime la toucher, l'observer. Sa forme si particulière, ses creux et reliefs lui rappellent un cheval au galop. Lassé par les règles du jeu fixées par la petite fille, Joseph revient vers moi pour connaître le programme extraordinaire que lui a concocté son insaisissable maman.

— Rien, mon chéri, aujourd'hui nous ne faisons rien.

L'enfant me regarde, un peu désappointé. Je sens un mouvement de panique s'installer en lui. La peur de l'ennui et du désœuvrement…

— « Rien » ne veut pas dire « rien », Joseph…

L'enfant semble encore plus perdu par cette réponse.

— Pour une fois, on va faire comme tu veux, toi !

— Du pop-corn, maman ! enchaîne Joseph, gagné par une nouvelle envie.

— Comment ça ?

— Je veux manger du pop-corn à midi.

— Et toi, Louise ? demandé-je à la petite fille.

— Des knackis ? laisse-t-elle échapper par un timide filet de voix.

Me voilà bien embarrassée avec ma promesse idiote. Du pop-corn et des knackis pour midi… Raphaël, va être fou de rage !

— Sur la plage, précise la petite fille en sautillant de joie.

— Avec de l'eau citronnée à la menthe, surenchérit Joseph.

Je m'incline, demande à Filipa si l'on a ça dans les placards (elle me répond que non) puis propose aux enfants d'aller ensemble nous ravitailler à la supérette du coin. Nous partons sans nous laver, en short, tee-shirt et tongs usées pour simple tenue. Sur le trottoir éventré et craquelé qui longe l'avenue de la plage et les vieilles maisons, je tiens chaque enfant par une main.

Ils sont grands, ils pourraient marcher devant. Louise me tient la main, par obéissance sans doute, mais je sens une pression plus forte dans celle de Joseph. C'est important pour lui d'être solidement arrimé à sa maman aujourd'hui. Il marche fier et heureux, le soleil dans les yeux, la mèche de sa frange toujours trop longue titillant le ras de ses cils.

Au retour, en coupant par la plage, Louise m'a lâché la main pour marcher sur les murets des clôtures des maisons de vacances. Elle ressemble à une exploratrice.

— Et si on disait qu'on était au-dessus d'une coulée de lave ? imagine la petite fille.

Joseph renonce au défi, il préfère rester près de moi.

De retour à la maison il va falloir annoncer à Raphaël le menu concocté par les enfants.

— Knackis et pop-corn... C'est une blague ?

— Pas vraiment, Raph'..., osé-je à peine lui affirmer.

Pour apaiser sa contrariété, je lui glisse à l'oreille qu'il se rattrapera ce soir avec un dessert particulier.

Paradoxalement, quelques heures plus tard, les knackis et le pop-corn ont fait bon ménage dans mon estomac. J'ai passé l'après-midi avec les enfants, à jouer sur le sable, à plonger dans l'eau encore très bonne pour un mois de septembre. Bientôt, la rentrée va emporter avec elle ces doux instants d'été.

Je n'ai jamais vu Joseph aussi heureux dans l'eau. Je ne lui offre « rien ». Et pourtant cette nourriture impalpable semble le galvaniser.

Le nom d'Ambre, ma meilleure amie, journaliste à Paris, s'affiche sur l'écran de mon téléphone. J'ai envie de l'entendre, mais je renonce finalement à répondre, fidèle à la promesse faite à Joseph. Ce jour est à nous.

Nous avons clôturé cette journée particulière en dormant sur la plage. Joseph et Louise ne voulaient pas rater le spectacle des étoiles filantes. Filipa a capitulé, préférant garder un œil sur la maison. Raph' a grogné, mais nous a finalement aidés à descendre les matelas et les couettes des lits. Hubert faisait partie du convoi. C'est un joli petit jack russell d'un an, au pelage blanc, noir et marron. Aveugle de naissance, il a appris à développer ses autres sens pour survivre. Son flair et son ouïe sont infaillibles !

Duvet contre duvet, presque endormis, on peut entendre Louise et Joseph rire aux éclats tout en chuchotant des histoires d'enfants. Ces deux-là sont bons à marier !

— Quand je serai grand, je t'emmènerai manger au restaurant du phare de Palavas ! Tu vois, là-bas, là où c'est tout illuminé, montre-t-il du doigt.

— Oh merci Joseph… Mais pourquoi là-bas ? s'interroge la petite fille.

— Je sais pas… Parce que c'est tout en haut et que ça brille, vu d'ici.

— Ils font des knackis, là-haut ?

— Aucune idée, Louise.

— Bon, on verra bien quand on sera grands.

Laissant les deux enfants rêver à leur avenir, le nez plongé dans les étoiles, je songe à ma vie de mère qui m'attend.

— C'est beau, une famille nombreuse, tu ne trouves pas ? dis-je à Raphaël pour sonder le terrain.

— Oui, nous avons beaucoup de chance.

— Non mais une famille avec plusieurs enfants !

— On a déjà Hubert, ironise-t-il.

Je lui tape sur l'épaule pour qu'il retrouve son sérieux.

— Tu ne vas pas me faire le coup de toutes ces actrices enceintes à quarante-cinq ans, hein ? s'inquiète-t-il soudain.

En guise de réponse, je me contente d'enfouir encore plus profondément mon visage sous son aisselle. Je dissimule mon sourire à l'idée du cadeau que je lui prépare.

10

Joseph et moi

Son regard s'est mis à me suivre partout. Je m'en souviens encore. Je m'en souviendrai toujours. C'était au restaurant. La première sortie avec le bébé, sagement allongé dans son landau. Avec Raphaël, nous déjeunions à une petite table discrète sur l'île Saint-Louis. Notre bébé d'un mois et demi s'est mis alors à me fixer du regard pour la première fois, intensément, et sans répit. Moi, sa mère, pas quelqu'un d'autre qui aurait pu capter son attention par des gestes amples et bruyants. J'ai continué à manger, avec, rivés sur moi, les deux petits yeux perçants et insistants de Joseph. Jusqu'au moment où je me suis levée pour aller aux toilettes. Je me souviens de ne pas avoir trouvé immédiatement mon chemin. Mes pas ont hésité entre les tables. Les petits yeux encore bleutés se sont obstinés à suivre ma trace. C'était puissant et angoissant à la fois. Un être vivant allait dépendre de moi pour toujours. J'étais devenue maman.

11

Joseph

Ma maman, c'est la plus belle des mamans. Du monde et de l'univers intergalactique. Elle a la peau douce, et ses cheveux sentent bon la verveine quand je me blottis contre elle. J'adore rouler la peau de ses coudes sous mes doigts quand on se fait un câlin. Mais ce que j'aime par-dessus tout, c'est faire semblant de mordre ses bras. Ils sont trop moelleux. Ma bouche s'enfonce comme dans de la barbe à papa. Elle me dit de ne pas faire ça en public. Je ne comprends pas pourquoi elle ne veut pas. Je l'aime, moi ! Si elle n'était pas la femme de papa, je me marierais avec elle.

12

19 février 2003

Une couleur gris ardoise a envahi le ciel de cette pâle journée de février. L'air glacial fait rougir le nez de Joseph, pourtant bien emmitouflé dans son duffle-coat. Son écharpe entortillée autour de son cou masque sa bouche et souligne la tristesse de son regard. Il a oublié de mettre ses gants. La peau marbrée qui recouvre ses doigts et le dessus de ses mains vire au mauve, mais l'enfant ne semble pas incommodé. Joseph se tient droit comme un « i », le menton légèrement incliné sur sa poitrine. Au bout de son bras, un bouquet de roses blanches attend d'élire domicile dans un des immenses vases obscurs qui ornent la pierre tombale. Un petit garçon n'a rien à faire dans un cimetière. Sauf si un être cher y repose. Joseph regarde fixement le portrait qui a été vissé sur le marbre. Il est à peine visible, perdu sous l'avalanche de fleurs déposées par la famille, les amis, artistes et admirateurs.

Il n'y a pas de doute, c'est bien moi que le petit garçon contemple, le regard figé. Je suis couchée sous cette pierre noire et triste. Je déteste l'hiver, surtout le froid.

Je pensais, malgré ma faiblesse et mon combat, dépasser cette terrible tuile qui m'était tombée dessus un an et demi plus tôt. J'étais prête à soulever des montagnes, à employer les grands moyens, prête à me battre. Pour mon fils.

Joseph avance de quelques pas dans le gravier blanc du cimetière, il dépose son bouquet de roses dans le vase. J'aperçois Filipa juste derrière lui, un arrosoir à la main. Les yeux gonflés et rouges, elle remplit le vase à ras bord, puis recule de quelques pas afin de laisser l'enfant se recueillir. Raphaël est un mort-vivant : avec une mine pareille, il aurait pu prendre place à mes côtés. Ambre, en sanglots, s'accroche à son bras pour ne pas tomber.

Je me tiens près d'eux, comme si je pleurais moi aussi un membre de ma famille. Mais les sanglots ne parviennent pas à forcer le passage. Ils restent coincés dans ma gorge. Joseph et moi restons les yeux secs.

Il n'est pas à l'école, on doit être samedi, à moins qu'enterrer sa maman soit une raison suffisante pour sécher les cours. À vrai dire, je ne sais pas quand je suis morte. Il y a quelques jours, je pense, car l'endroit est désert et les bouquets de fleurs déposés par les admirateurs commencent à perdre leurs pétales et à piquer du nez.

Je tente de prendre la main de Joseph pour la réchauffer. Je voudrais lui dire d'avoir du courage, de ne pas m'en vouloir, que je ne voulais pas le quitter. Je voudrais lui dire que ma douleur est immense d'avoir à me séparer de lui, une douleur bien plus atroce que celle qu'a endurée mon corps ces dernières semaines. Je voudrais lui dire tout cela une dernière fois. Avec des mots d'adulte, pour qu'il s'en souvienne toute sa vie et qu'il ne m'oublie pas. Ma main ne réussit pas à attraper la sienne. Elle fend l'air sans pouvoir la saisir. Ma rage et mon désespoir ne réussissent pas à faire frémir un millimètre de sa peau, ni même le revers de sa manche. C'est atroce, Joseph, je ne pourrai plus jamais te serrer dans mes bras ni sentir la tiédeur de ta peau. Plus jamais. Qui va te consoler quand tu traverseras un gros chagrin, qui va écouter tes idées les plus farfelues, qui va t'aider à devenir un homme, à te préparer pour ton premier rendez-vous amoureux, qui va t'encourager pour tes examens, t'inciter à voyager ? Je ne te verrai pas devenir papa, je ne sais même pas quel métier tu exerceras. Il nous restait tellement de choses à vivre ensemble.

Filipa est parfaite pour la gestion du quotidien, papa t'apportera la sécurité, mais qui t'aidera à vivre fort, à vivre vite, à savoir qui tu es ? C'était mon rôle. Je n'ai pas eu assez de temps. Il y a aussi Louise, qui pansera et écoutera tes chagrins avec ses yeux d'enfant. Elle est comme ta sœur, et si douce, elle ne te fera jamais de mal.

L'enfant n'a pas décroché son regard de mon portrait vissé à la pierre tombale. Non, Joseph, maman ne sortira pas de la photo cette fois-ci. Je me place à côté de l'image, dans l'axe de sa vision, dans l'espoir d'intercepter le regard figé de Joseph.

— Joseph, Joseph, tu me vois ?

Il reste pensif.

— Joseph, Joseph, maman est là, tu m'entends ?

L'esprit de mon fils semble soudain sortir de sa tétanie quelques instants. De rapides clignements d'yeux le ramènent au présent. Puis plus rien, l'enfant replonge en une fraction de seconde dans sa profonde tristesse.

Je n'abandonnerai pas. Joseph doit sentir ma présence, je lui ai promis tant de fois de ne jamais l'abandonner ! Ce n'est pas le moment de flancher. Debout, pieds nus et vêtue de cette blouse d'hôpital pour l'éternité, animée par la rage et l'injustice, je frappe et refrappe sans cesse de mes pieds la pierre glacée. J'y mets tellement de conviction que je vais finir par réveiller tous les habitants du cimetière. Si ça continue, je vais être expulsée dès mon arrivée. Ici les caprices de star ne sont pas admis, paraît-il !

Sous l'effet des vibrations, le portrait à mon effigie se décroche du bloc de marbre. Une vis est tombée par terre. Le médaillon en métal se balance, il ne tient plus qu'à un fil, désormais. Le bruit de ferraille raclant le marbre sort l'assemblée de son désarroi. Je cesse mon vacarme pour observer leur réaction. Le regard de Joseph revient à la réalité, Filipa en profite pour se moucher et Raphaël saisit l'enfant par la main en lui disant qu'il fait froid, que la nuit va bientôt tomber et qu'il est temps de rentrer à la maison. Mais enfin, où vont-ils tous ? Vous voyez bien qu'il vient de se passer quelque chose d'anormal !

La petite troupe dévastée par le chagrin s'engouffre dans la voiture noire avec chauffeur. Je cours sans pouvoir les rattraper. L'imposante berline s'éloigne à toute allure, me laissant seule avec mes nouveaux amis. Je dois dire que l'accueil est un peu froid, car je n'ai vu personne. À vrai dire, c'est très bien ainsi, j'ai toujours eu une sainte horreur des films à sensations fortes.

J'erre sans but dans les allées désertes du cimetière pendant une bonne partie de la nuit. Je m'assois sur ma tombe, le menton appuyé sur les coudes, à la fois désœuvrée et effrayée. Je pense à Joseph, à son si jeune âge. Une lueur d'espoir me revient quand je pense à la mission que j'ai confiée à Fred. Tout n'est pas fini !

13

Joseph et moi

Il m'a fait un signe de la tête tout en lâchant mon mamelon. Un hochement de droite à gauche pour me répondre « non ». Pour me dire qu'il n'en voulait plus. Et j'ai compris que c'était fini. Il faut dire que depuis quelques jours, il semblait avoir du mal à téter. Chaque matin, sa demande tardait à venir, et la tendre séance d'allaitement devenait de plus en plus courte.

J'aimais pourtant le bruit de sa succion. C'est inexplicable. C'était notre rendez-vous à nous. Quatre fois par jour, nous nous retrouvions pour un moment de calme et d'apaisement. Pendant qu'il s'obstinait à faire remonter le lait tiède jusqu'à mon mamelon, nous nous nourrissions mutuellement d'une autre substance appelée amour. Il y avait quelque chose d'animal provoqué par la pression de ses lèvres sur mon aréole. Je relevais mon chemisier pour qu'il vienne d'abord appliquer sa joue tout entière contre mon sein. Je sentais ensuite, dans ce peau à peau, son petit bras m'effleurer le dos. Ses yeux, ah oui, parlons-en, de ses yeux : ils ne me quittaient pas du regard, scrutant mon âme avec impudeur.

Et puis ce matin-là, au milieu d'une séance d'allaitement, le sentant hésiter, je lui ai posé la question :

— Tu n'en voudras plus jamais ?

Il avait dix mois.

14

Joseph

Dans mon goûter, je viens de trouver un mot doux. Pas un mot doux de ma copine Annabelle, non, un mot de ma maman. Elle l'a glissé dans la petite boîte en plastique, à côté des abricots secs. Beurk, j'aime pas ça ! Les abricots... pas son mot. Ça lui prend de temps en temps. Je ne sais jamais quand mais moi, j'aime ça.

Des fois, elle me dessine un cœur ou me souhaite une bonne journée. Quand j'en trouve un, j'ai plus de courage, je suis content. Alors je pense à ma maman, plus qu'à Annabelle.

15

Montpellier et Paris, 20 et 21 octobre 2001

Le contact froid du stéthoscope sur mes omoplates me procure quelques frissons. J'effectue de grandes respirations à pleins poumons, puis tousse à plusieurs reprises, comme me le demande le médecin.

J'ai rendez-vous pour la deuxième fois en l'espace de quelques semaines avec le professeur Ribaldi, l'éminent chef du service de gastro-entérologie du centre hospitalier de Montpellier. À mon grand regret, le test de grossesse m'a appris que mon nombril ne dissimulait pas un nouvel enfant. En attendant, les symptômes, eux, n'ont pas disparu. J'éprouve toujours ces nausées et cette terrible fatigue. Le spécialiste m'a fait passer une batterie d'examens médicaux après ma première visite. Échographie, prise de sang, scanner et enfin IRM devraient bientôt livrer leurs secrets.

Pendant que je rajuste mon chemisier, le médecin me fait signe de le rejoindre à son bureau dans la pièce à côté.

— J'aurais préféré en discuter en présence d'un autre membre de la famille, Daisy.

— Vous me faites peur, docteur, vous ne m'annoncez que des mauvaises nouvelles depuis quelques jours.

— C'est sérieux.

— Qu'est-ce qu'il y a ? Je ne pourrai plus avoir d'enfant, c'est ça ? Je m'en doutais, à mon âge...

— C'est autre chose...

— C'est vrai que j'ai beaucoup de gaz en ce moment, je devrais manger moins de crudités...

— ... plus grave, Daisy.

— C'est pas un cancer, tout de même ?

Le spécialiste acquiesce de la tête.

— Un cancer du côlon. Le stade est assez avancé, ajoute-t-il. Il va falloir faire vite, Daisy.

— Oui, oui..., dis-je, les yeux dans le vague.

À l'annonce de la nouvelle, mon esprit a court-circuité, m'empêchant de tomber dans les pommes ou de fondre en larmes. Je préfère m'attacher pendant quelques instants à de minuscules détails sans importance. Si le médecin a prononcé mon prénom, c'est qu'il m'aime bien ?

— Je veux vous voir lundi prochain. L'équipe de mon confrère oncologue vous expliquera le déroulement de la chimiothérapie. Venez avec un membre de votre famille cette fois-ci.

Tout en me raccompagnant vers l'ascenseur, le spécialiste tient mon épaule fermement serrée entre ses doigts. À ce moment précis, tout m'est égal. Je ne pense qu'à cette odeur d'hôpital qui s'obstine dans mes narines. Si la mort devait avoir une odeur, ce serait bien celle-là. Un mélange d'eau de Javel et d'antiseptique.

La porte de l'ascenseur crisse en s'ouvrant et je m'engouffre dans la cage d'acier en silence, précipitée dans le vide et la maladie.

Je ressors quelques étages plus bas, l'air hagard. Je traverse l'immense hall d'entrée sans songer à remettre mes lunettes de soleil pour plus d'anonymat. La peur et l'angoisse se répandent dans mes veines comme un poison. Mes jambes tremblent, mon cœur implose, mon visage se tétanise. Je suis donc mortelle. Je l'avais oublié. Un cancer. Pas moi.

Le ciel ne devrait pas être aussi bleu aujourd'hui, les oiseaux ne devraient pas chanter aussi fort. Je tire mon téléphone de ma poche pour composer le numéro d'Ambre.

— Allô, Ambre, c'est moi… Je vais mourir.

— De rire, de faim ou d'amour ?

— Arrête, Ambre, je suis sérieuse.

— Tu vas avoir tes règles ou quoi ? Prends un Spasfon, ça ira mieux.

— Bordel, arrête de plaisanter, Ambre, je sors de chez le médecin. C'est grave.

— Hé, tu commences à me faire peur !

— Je sais plus où j'en suis.

— Raphaël est avec toi ?

— J'peux pas lui dire, pas tout de suite.

— Remonte à Paris, prends un train, Daisy. Je t'attends.

— C'est de la folie… mais j'arrive !

J'ai dû dormir sur le clic-clac de la chambre d'amis d'Ambre. Mon mal au crâne le lendemain matin me fait recouvrer la mémoire. J'ai bel et bien pris ce train sur un coup de tête, après l'annonce de la terrible nouvelle. Je suis arrivée à la gare de Lyon hier soir, vers dix-huit heures, après avoir prétexté un rendez-vous bidon avec Fred et France Télévisions. Raphaël n'a pas posé de questions. Il me sent perturbée ces derniers jours, mais crois sans doute que c'est à cause de la série.

Ambre m'attendait, angoissée, sur le quai de gare. C'est ma meilleure amie. Je connais cette gazelle blonde, toujours en jean et baskets, depuis mes débuts de comédienne. Je me souviens d'avoir pris, à mon arrivée, un verre au Train bleu en sa compagnie pour tout lui raconter. Beaucoup de larmes ont coulé, entrecoupées parfois de fous rires inexpliqués pour conjurer le sort. Un verre de trop dans le cornet, nous avons rejoué la scène de *Nikita* au beau milieu du restaurant. Puis ce fut la tournée des bars de son quartier entre la rue de Lappe et la rue de Charonne. Les trois premiers mojitos descendus au Barrio Latino ont anesthésié ma peine. La piña colada avalée au Bal à Jo m'a définitivement effacée des écrans radars.

Entre deux gorgées, je pleurais tout mon désespoir sur cette saloperie de vie qui ne mérite pas d'être vécue. Je me revois danser seule, ensuite avec Ambre, puis avec des inconnus aussi amochés que moi venus noyer leur solitude dans le XIe. Ambre et moi avons dû nous griser jusqu'au petit matin avant de tituber jusqu'à son appartement rue Faidherbe.

Ce matin, j'entends ses pas approcher sur le parquet ancien. Elle frappe à la porte.

— Je peux entrer ?

— Oui ! dis-je le nez encore perdu dans les draps.

— Bien dormi ?

— Oui, à part ce mal de tête, lui dis-je en me tenant le crâne des deux mains.

Ambre me tend un plateau regorgeant de bonnes choses toutes fraîches. C'est une fille loufoque, farfelue, jet-set à mort mais qui a le cœur sur la main. Je me demande pourquoi elle perd son temps dans ce journal à ragots.

Elle me caresse la tête avec bienveillance alors que je plonge, comme par pudeur, mon regard et mes lèvres dans mon bol de café noir.

— Tu te souviens de cet animateur-producteur télé ? lui dis-je entre deux gorgées.

— Grave… On a fait nos plus belles couvertures avec lui.

— Je n'arrête pas de penser à lui depuis hier.

— Pourquoi ?

— Il est mort en pleine gloire, alors que son fils n'avait que cinq ans.

— Pense pas à ça, tu te fais du mal…

— Joseph est si petit !

— Oui, mais toi, tu n'es pas cet animateur. Tu ne vas pas mourir, Daisy, Joseph ne sera pas orphelin, tu entends ?

Je me lève d'un bond, manquant de renverser le contenu du plateau dans le lit défait.

— Où vas-tu, Daisy ?

— Je rentre chez moi. J'ai un cadeau à préparer pour Joseph.

Une heure plus tard, dans le wagon de première classe du TGV, je compose le numéro de Fred.

— Salut, c'est Daisy, il faut qu'on se voie au plus vite, j'ai un service à te demander.

16

Joseph

J'ai dormi dans son lit. On fait ça quand papa n'est pas là, ou bien lorsqu'il rentre tard. C'est magique dans le lit de papa et maman. Il est tellement grand. Beaucoup plus grand que le mien ! Je me glisse dans les draps pour regarder la météo à la télé avec elle, pour un dernier bisou avant d'aller dormir. C'est juste pour quelques minutes. Et puis elle oublie, elle s'endort, et moi je dors à côté d'elle. Je l'entends respirer, je frotte mes pieds contre ses jambes pour les réchauffer. Je suis bien, rien ne peut m'arriver dans le lit de maman.

17

Joseph et moi

Je suis contente de l'avoir connu et d'avoir pu croiser son doux sourire, qu'il m'a offert sans retenue. Ses yeux chargés d'éclats d'étoile avaient le don d'ensoleiller mes journées les plus sombres.

S'il n'avait pas été mon fils, je l'aurais choisi comme ami. C'est certain. Il a cette douceur infinie qu'ont les gens foncièrement bons.

18

Montpellier, 12 février 2003

En claquant la lourde porte de l'agence de Fred, un sentiment de plénitude envahit ma poitrine devenue frêle. Mes jambes si minces se mettent à dévaler les marches en pierre de l'hôtel particulier. Seule ma main gauche, aux os si apparents, à présent solidement agrippée à la rampe en cuivre, me préserve de la chute. J'ai des ailes, pas encore celles d'un ange, mais plutôt celles d'un être en paix avec lui-même. Joseph ne m'oubliera pas, Joseph grandira avec la présence de sa maman à ses côtés.

Voilà bien un an et demi que je me rends une fois par mois chez Fred. Oh, ce n'est pas pour parler affaires. Le cadeau de Joseph a demandé une mûre réflexion. C'est chose faite. Joseph le recevra si toute cette histoire se termine mal.

Parlons-en, de cette saloperie de cancer. Les chimios ont eu raison de mes beaux cheveux bruns à présent clairsemés, ma peau a jauni, mes dents sont en piteux état, et je ne parle pas des aphtes qui poussent dans ma bouche. J'ai mal partout, mes ongles se fissurent. Je pèse moins qu'une plume. L'avantage, c'est que plus personne ne se retourne sur moi dans la rue ! Me voilà retombée dans l'anonymat.

Mon chirurgien me dit de me battre, qu'il y a encore un espoir. Raphaël est courageux. Il m'accompagne sans se plaindre. Sa force physique et mentale me rassure et me porte à la fois. Jamais je ne me serais crue capable d'affronter cette épreuve. Le plus dur a été d'annoncer la maladie à mon petit garçon. Pour ma part, je n'ai pas pu briser l'enfance de mon fils.

— Je suis malade, Joseph.

— Tu as attrapé un rhume ?

— Non, Joseph, une autre maladie.

— Tu n'as qu'à aller voir le docteur, et il te donnera un bon médicament.

— Oui, Joseph, mais c'est un traitement très long, et qui va m'affaiblir pendant quelque temps.

— Et après tu seras comme avant ?

— Peut-être.

— Tu vas moins travailler si tu es malade, mamou !

— Sans doute.

— Chouette alors, tu seras plus souvent à la maison avec moi !

La chaîne de télé vient de mettre le tournage de la série en stand-by durant quelques semaines, pour me laisser le temps de récupérer. Mais aujourd'hui, toutes ces négociations me semblent bien futiles. L'essentiel est ailleurs.

Je vais regagner la maison à présent. Je me sens faible. Il est plus de dix-sept heures, Joseph doit être rentré de l'école. Je vais redescendre vers le quartier des Arceaux en quête d'un taxi. Je n'ai plus la force de conduire mon Alfa Romeo que j'aime tant.

Je rallume mon portable et découvre son texto : « Maman, tu arrives quand ? Louise et moi, on voudrait décongeler la fourmi capturée cet été. Bises, fort, fort, fort. »

Une séance de réanimation d'insecte m'attend à la maison. Et dire que cet hibernatus sommeille depuis l'été dernier dans le compartiment de notre bac à glaçons. Je n'en ai ni l'envie ni la force, mais je ne veux rien rater des instants précieux aux côtés de mon fils. Tandis que je range soigneusement mon téléphone portable dans mon sac, mon esprit est distrait par une photo coincée dans une petite poche intérieure. C'est celle prise le jour de notre promenade en ville à bord du petit train. Je l'avais oubliée au fond de ce sac depuis des mois ! Repenser à ce doux moment de complicité me fait esquisser un sourire.

Soudain, des hurlements jaillissent de tous les côtés. Des admirateurs m'auraient-ils reconnue ? J'ai juste le temps d'apercevoir la calandre en métal d'un camion arriver droit sur moi puis de sentir la chaleur de son moteur s'écraser contre ma poitrine. Mon visage touche avec violence l'asphalte rendu glacial par les températures hivernales. Un attroupement s'organise autour de moi. Des chaussures d'hommes et de femmes accourent dans ma direction puis stoppent leur course tout près de mon visage. Leurs jambes s'agitent comme un champ de roseaux courbés par le vent.

— Ne la touchez pas ! crient certains passants.

— Il faut appeler les secours !

— Il me semble la reconnaître, c'est une actrice !

Étrangement, cette sortie de l'anonymat dans un moment aussi particulier me réchauffe le cœur.

— Elle est méconnaissable.

J'aimerais vous y voir, vous, si vous étiez passé sous les roues d'un camion ! Je me mets à rire nerveusement. Je vais mourir d'un accident de la circulation. Je ne l'avais pas prévue, celle-là ! Je ne sais même pas si j'ai mis des sous-vêtements neufs...

Je tente de dire quelques mots à un passant penché sur moi, mais mon discours est inaudible.

— J'ai un insecte à décongeler.

— Que dit-elle ? demandent les curieux.

— Elle délire, répond-il.

Mes yeux se ferment lentement, sans résistance. Une inconnue me tient la main. J'ai sommeil. Je vais dormir un peu en attendant les secours. Je n'ai plus mal nulle part. Cela ne doit pas être si grave, alors. Qui va dire à Joseph que j'aurais un peu de retard ?

19

18 février 2003

Mes sanglots vibrent sur le bois ancien qui recouvre le sol de l'immense pièce. Mes larmes viennent exploser comme des milliers de minuscules ballons de baudruche sur le plancher. Certaines se faufilent entre les lames du bois usé pour se perdre à jamais dans les entrailles du vieux plancher.

La mine défaite, allongée de désespoir sur le sol du bureau de Fred, tenant encore entre mes doigts la photo cornée, je me redresse péniblement. Assis derrière son bureau, Fred s'apprête à dévoiler le contenu de l'enveloppe à présent décachetée. Dans leurs sobres costumes, Joseph et Raphaël se tiennent assis devant lui, l'air funeste et solennel.

Pour ne rien rater de la scène, je n'ai pas trouvé mieux que d'aller m'asseoir en hauteur, les jambes croisées, sur l'imposante commode Louis XV que Fred a chinée chez un antiquaire du centre-ville.

— Daisy m'avait demandé de conserver certains documents. Un notaire aurait pu s'en charger, mais elle a préféré me confier cette tâche.

Raphaël, intrigué, commence à se redresser sur son siège. D'une main, il frotte avec insistance son visage, le pétrit pour tenter de chasser la brume qui a envahi son esprit depuis le jour de l'accident.

— Il s'agit de six lettres cachetées, écrites de manière confidentielle par Daisy au fil des derniers mois de sa maladie. Elles sont adressées à Joseph. Elle souhaitait que je les lui remette si jamais il lui arrivait malheur.

Le petit garçon, resté jusque-là silencieux, commence à agiter avec force ses jambes sous son siège. Je reconnais là mon Joseph. Je sens son impatience à l'idée de découvrir le contenu des lettres laissées par sa maman. Je savais qu'elles aiguiseraient sa curiosité. C'est chez Ambre que j'ai eu l'idée des lettres. Le jour où je suis montée à Paris après avoir appris la mauvaise nouvelle. J'étais déboussolée. Je me souviens d'avoir beaucoup bu ce soir-là, avec Ambre mais aussi avec cet inconnu accoudé au bar. Je lui ai parlé de la trouille qui me prenait aux tripes à l'idée insupportable de laisser Joseph pour toujours. L'homme, orphelin, m'avait confié avoir longtemps cherché une lettre de la part de son père parti trop tôt. Il avait alors fouillé partout, dans les armoires, sous les matelas, dans les poches des vêtements. Mais rien. Son papa ne lui avait laissé aucun message pour l'aider à surmonter le poids de son absence. Le lendemain, j'avais oublié le visage de cet homme, mais pas son récit.

Fred dénoue le ruban de raphia maintenant, les six lettres, prélève l'une des enveloppes puis la fait glisser jusqu'à Joseph, sur le plateau de verre de son bureau. Joseph regarde l'enveloppe blanche sans oser la saisir, puis il se décide à tendre lentement sa petite main droite vers le mystérieux pli. Ses doigts menus tremblent légèrement. Joseph fait tourner l'objet plusieurs fois sur lui-même, puis le serre contre sa poitrine.

— Tu ne veux pas la lire ? lui demande son papa.

L'enfant hoche la tête, la bouche comme posée à l'envers sur son visage.

Je m'approche de lui sans le toucher, en essayant de toutes mes forces de capturer l'odeur de ses cheveux. Il remet péniblement son duffle-coat, puis glisse avec précaution la lettre dans sa poche.

— Mes copains m'attendent pour dégivrer une fourmi, dit-il comme si rien d'horrible n'était venu perturber sa vie d'enfant ces derniers jours.

Les petits sont très forts pour cacher les pires blessures. Je te connais, mon Joseph : en ce moment, malgré ton air impassible, tu hurles de douleur à l'intérieur.

20

22 février 2003

— Joseph, rentre à la maison, ce n'est pas la saison pour aller jouer dans le sable ! dis-je de loin au petit garçon.

Les bras croisés et le dos voûté dans ma blouse blanche, sur la terrasse de la maison, je ne quitte pas Joseph des yeux. À quoi bon lui hurler tout cela, puisqu'il ne m'entend pas ? Telle une ombre, je ne peux me résoudre à m'éloigner de lui. Il est trop tôt pour lui dire au revoir. J'ai encore besoin de voir son visage, d'entendre sa voix, de me gorger de ses éclats de rire, d'avoir la certitude qu'il pourra à nouveau être heureux après ce cataclysme. J'ai besoin d'en avoir la preuve. Il est si triste, si pâle. Il n'a pas changé de vêtements depuis des jours. Et puis, il y a cette première lettre. Je veux être certaine qu'il va la lire, qu'elle va lui faire du bien et qu'il acceptera de jouer le jeu. Admettons qu'il n'y ait pas eu cette histoire de lettre, comment partir d'ici ? Je n'ai aucune idée de la manière dont on passe de l'autre côté. Je n'ai vu aucun défunt au cimetière. Serais-je la seule à rester entre deux mondes ? Serai-je coincée éternellement dans ce no man's land ? Mon Dieu, quelle horreur !

Depuis ces derniers jours, j'accompagne Joseph dans chacun de ses mouvements. En classe, je me tiens sur le haut de l'armoire contenant les pots à crayons, les réserves de craies et les cahiers neufs. Dans sa chambre, je m'allonge sur son lit pendant qu'il joue en solitaire à un jeu vidéo ; dans la salle de bains j'attends, assise sur le rebord de la baignoire, qu'il finisse de se brosser les dents… Il est si triste, il parle si peu. Pourquoi Raphaël n'intervient-il pas ? Est-il lui aussi submergé par le chagrin ?

Voilà bientôt quatre jours que Fred a remis la première lettre à Joseph. Il l'a machinalement rangée dans son bac à jouets. Le choc de ma disparition brutale semble l'avoir mis KO. Il est incapable de réfléchir normalement. Pourtant il risque de perdre le pli, ou d'oublier qu'il l'a caché à cet endroit. Cette hypothèse me rend fébrile, car elle pourrait faire capoter tout mon projet. C'est si important pour moi de maintenir ce lien avec Joseph au-delà de la mort. Quand j'y pense, dans son malheur, il a plutôt eu de la chance. J'aurais dû être emportée lentement par un cancer mais, ironie du sort, c'est finalement un accident qui me retire la vie, épargnant à mon fils les pires images de mon agonie. La maladie m'aura tout de même laissé le temps de lui écrire ces quelques lettres.

J'aperçois Joseph revenir en courant vers la maison. Hubert le suit à la trace. J'ai parfois l'impression que ce chien comprend tout ce qui se passe autour de lui. Lorsque Joseph pleure, Hubert lui lèche affectueusement le visage ; il dort avec lui chaque nuit et glisse sa truffe entre ses mains lorsqu'il le sent anxieux. Ce cabot semble même sentir ma présence, par moments. Je l'ai déjà vu ces derniers jours me fixer, et me suivre des yeux lorsque je me déplace dans la maison. Alors qu'il ne voit rien ! Pour un peu, c'est lui qui foutrait la trouille à un fantôme !

Joseph pousse la grande baie vitrée pour s'engouffrer dans la chaleur de la villa, les bottes encore pleines de sable. La maison semble déserte, et mon fils livré à lui-même. J'entends pourtant le bruit métallique des casseroles dans la cuisine. Filipa doit être en train de préparer le repas de midi. Le bruit de la douche indique que Louise occupe la salle de bains.

Joseph jette sa doudoune et ses gants sur le canapé avant de monter l'escalier à vive allure et de s'enfermer dans sa chambre. Une maman, ça peut tout faire, Joseph. Y compris traverser les murs une fois morte, sans ressentir la moindre douleur. Pas le moindre bout de bois enfoncé dans la chair. Ça se passe vraiment comme ça alors, lorsqu'on est mort ? Réjouie par ce pouvoir, je retrouve Joseph, le nez plongé dans son bac à jouets, la tête enfin penchée sur la lettre déjà ouverte. Je ressens une vive émotion dans ma poitrine, alors que mon cœur ne bat pourtant plus depuis des jours. Je crois que j'ai un peu le trac.

Bonjour mon tendre amour,

C'est ta maman. Eh bien, mon Joseph, je crois que la vie nous a joué un mauvais tour, cette fois-ci. Si tu lis cette lettre, c'est que je ne suis plus de ce monde, mon chéri. Malgré la promesse que je t'avais faite de ne jamais t'abandonner. J'espère que tu ne m'en veux pas trop. J'aurais donné tout l'or du monde pour rester ne serait-ce que quelques instants de plus avec toi.

Mon Joseph, il y a tellement de choses que je n'ai pas eu le temps de te dire, tellement de choses que je n'ai pas eu le temps de t'apprendre. Qui va t'aider à ne plus avoir peur du noir, à reboucher correctement le tube de dentifrice, à jouer du piano, qui va t'apprendre à danser, à te faire beau pour ton premier rendez-vous amoureux... ? Papa ? Filipa ? Louise ? Bien sûr qu'ils seront là. Mais l'idée de ne plus pouvoir le faire moi-même m'est insupportable. C'est injuste. C'est dégueulasse, même. Tu as le droit d'être en colère, et moi je le suis ; tu as le droit d'en vouloir à la terre entière.

Malgré tous mes regrets, je quitte ce monde confiante, car je sais que tu es fort. Bien plus que ce que tu crois, mon Joseph.

Tu ne vas certainement pas me croire, mon amour, mais le chagrin que tu éprouves à l'idée de ne plus me voir disparaîtra un jour. Tu vas pleurer, Joseph, longtemps, souvent. Mais un jour, ce gros nuage au-dessus de toi se dissipera. Et tu en sortiras grandi et fort.

Ta blessure est toute fraîche, elle te ronge comme l'acidité des quelques gouttes d'un citron qu'on aurait déversées dessus. Mais bientôt, une croûte se formera, et tu la regarderas avec tendresse, la frôleras avec ton doigt, tu penseras à nous et tu n'auras plus mal. La blessure, c'est ce qui nous est arrivé, mon pauvre Joseph, et la croûte qui se formera bientôt sera ta résilience.

Je ne vais pas te sortir le couplet sur tous les endroits et moments où tu pourras encore sentir ma présence. J'ai toujours trouvé cette réplique ridicule lorsque je la jouais au cinéma. Non, je ne suis pas dans le souffle du vent qui caresse tes cheveux, ni dans la chaleur du soleil qui réchauffe ta nuque, ni dans la forme d'un nuage si tu lèves les yeux. Ce sont des conneries, tout ça, mon Joseph.

Je ne peux pas te dire où s'en vont les mamans quand elles meurent. Ce serait te mentir que de te dire qu'on vit dans le ciel ou qu'on court dans une prairie tapissée d'herbe grasse. Je n'en sais rien. Mais ce dont je ne doute pas, c'est de l'intensité de l'amour que j'éprouve pour toi. Mon amour est éternel.

Joseph, je t'ai promis de ne jamais t'abandonner et tu connais ta maman : elle tient toujours ses engagements. La maladie a pris mon corps, mais elle n'a pas pu m'arracher mon imagination débordante. J'ai trouvé un moyen pour rester toujours en contact avec toi.

Je t'imagine déjà lever les yeux au ciel en te demandant quelle chose farfelue j'ai encore bien pu inventer. Mais non, je ne suis pas folle ! Je t'explique mon plan : avec tout mon amour, j'ai préparé pour toi cinq lettres. Fred a déjà dû t'en parler. Tu recevras une de ces lettres lors de cinq de tes anniversaires. Chacune te délivrera une mission à accomplir. Ne te pose pas de questions, mon chéri, et tente simplement de la réaliser. C'est comme un jeu, une chasse au trésor. Le trophée à remporter est un peu spécial, tu comprendras quand tu seras grand.

J'ai hâte d'être à ton prochain anniversaire.

À très vite, mon amour.

Ta maman pour la vie, Daisy.

21

21 juin 2017

Dans un sentiment d'urgence, leurs mains s'agrippent l'une à l'autre sans prendre le temps de faire connaissance. La moiteur provoquée par le stress et la chaleur de l'été va pourtant bientôt les séparer. La fille au cri strident s'agite au-dessus du vide. Elle ressemble à une figurine en bois maladroitement manipulée par son marionnettiste. Elle glisse peu à peu, attirée par l'asphalte du trottoir douze mètres plus bas. Ce soir, sur ce toit pentu en tuiles roses, sa vie ne dépend plus que de la force physique de Joseph. Le bras droit musclé de mon fils, devenu un homme depuis toutes ces années, s'acharne à soulever la jeune femme frêle à l'allure androgyne. Son bras gauche tente de rester solidement harnaché au tuyau d'évacuation de la gouttière.

— Putain, fais un effort, tu vas nous foutre en l'air tous les deux !

— J'y arrive pas ! Je t'en supplie, ne me lâche pas !

— Je te tiens, tu m'entends, je te tiens !

Sous un ciel étoilé, depuis le toit, on parvient à entendre les bruits festifs de la ville qui s'anime quelques mètres plus bas. Les rires, les bruits de verres se mêlent à la cacophonie des concerts improvisés sur les trottoirs de Montpellier en l'honneur de la fête de la musique. Quatre étages plus haut, dans l'obscurité, les visages se crispent, les forces s'amenuisent : plus que quelques secondes et bientôt, la fille fera la une des journaux du lendemain.

Sans jamais quitter des yeux son sauveur, la brune aux cheveux courts parvient à saisir des deux mains le poignet de Joseph. Je tourne affolée autour d'eux sans pouvoir les aider. Inutile d'appeler à l'aide, personne ne peut m'entendre. Comment mon fils a-t-il pu se mettre dans une situation pareille ? Qui est cette fille ? Elle risque de l'entraîner dans sa chute ! Si ce n'était déjà fait, je serais morte de trouille pour mon fils. Joseph doit maintenant avoir vingt-cinq ans, ses cheveux ont légèrement foncé au fil des années, et une barbe discrète et faussement négligée recouvre sa mâchoire. Il est grand comme son père, et tout aussi athlétique, à en juger par le galbe de ses épaules et de ses biceps.

Je voudrais pousser avec mon dos les fesses de cette inconsciente, sûrement montée sur le toit pour admirer la vue. Mais je suis morte, transparente, sans force et d'aucune utilité.

— Bouge ton boule, ma fille ! crié-je tout près de son oreille.

Dans un dernier effort surhumain, la fille parvient à toucher du bout de ses semelles la façade de l'immeuble haussmannien. Comme par instinct de survie, elle donne alors une impulsion vers le haut avec ses épaisses Dr. Martens, détachant au passage d'infimes fragments de pierre et de crépi. Profitant de l'élan, Joseph la tire vers lui et la ramène sur la terre ferme. Les deux corps tombent au sol, épuisés.

La fille gît quelques instants sans bouger sur le corps de mon fils. La longue robe blanche en tulle est déchirée. Celle que porte Joseph. Il s'agit de l'une de mes tenues de gala signées Azzedine Alaïa. Les fibres du précieux tissu n'ont pas résisté aux assauts du sauvetage. Dommage, je l'aurais bien troquée contre la blouse blanche d'hôpital qui me colle à la peau ces dernières années. Peu importe. Les deux rescapés restent inanimés. Seules leurs respirations intimement liées m'indiquent qu'ils sont encore en vie.

— Ça va aller? demande Joseph en reprenant ses esprits.

— Qu'est-ce que ça peut te foutre? répond-elle derrière l'épaisse frange qui lui dévore la moitié du visage.

C'est ce qui s'appelle « briser la glace ». Visiblement, ces deux-là ne sont pas amants. La nuit noire a beau dissimuler les traits de la jeune femme, il est évident qu'il ne s'agit pas du genre de filles avec qui traîne habituellement Joseph. Sa chemise à carreaux mal repassée et son jean troué aux genoux lui donnent une apparence négligée. Ses cheveux noir corbeau, ses piercings aux oreilles et sur la narine droite, son smoky-eyes mal dessiné et ses tatouages multiples m'intriguent autant qu'ils me fascinent. On dirait la sombre héroïne de *Millénium*.

— Je te signale qu'on a failli y rester à cause de toi !

— Je ne t'ai rien demandé, moi. Trace ta route, mon pote, lui dit-elle en lui tournant le dos.

— Tu voulais faire une connerie, c'est ça ?

— C'est pas tes oignons, répond-elle, désabusée.

— J'ai failli mourir à cause de toi, alors mets-la en veilleuse, connasse, sinon c'est moi qui vais te faire redescendre sur le plancher des vaches plus vite que prévu !

— Oui c'est ça, t'as raison mon pote, je voulais me flinguer et m'écraser comme une merde sur la foule en délire, dit-elle d'un ton ironique.

— T'es vraiment une fille à problèmes, toi…

— Ah ouais, et c'est le mec déguisé en nana perché sur un toit à la tombée de la nuit qui va me faire la morale, peut-être ? dit-elle en le scannant du regard. Allez, dégage, pauvre mec.

— OK, t'as raison, c'est pas mes oignons. Je veux pas savoir ce qui t'a amenée ici, mais tu descends avec moi.

— Hors de question, et puis t'es qui pour me donner des ordres ?

Joseph, désabusé, préfère rejoindre l'issue de secours située à côté du conduit de la cheminée.

— Après tout, débrouille-toi, c'est ta vie, pas la mienne. Salut la chieuse, lance-t-il pour clore le dialogue en balançant sa main par-dessus sa tête.

Dans sa démarche virile, pour ne pas endommager davantage sa tenue, Joseph soulève délicatement la robe drapée. Malgré ma crainte d'une issue dramatique à l'épisode auquel je viens d'assister, Joseph réussit à m'extirper un éclat de rire. Mon fils en robe de soirée !

La voix soudainement douce et calme de la jeune fille stoppe Joseph dans sa course.

— J'ai peur du noir, ne me laisse pas…

Pris d'empathie, croyant déjà entendre un filet de remords dans les paroles de la fille à l'allure gothique, Joseph rebrousse chemin. Il affiche déjà un sourire en guise de réconciliation.

— … connard.

Onze ans
(L'acceptation)

22

20 juin 2003

— Regarde, la dernière Game Boy Advance est géniale ! s'exclame Oscar en montrant du doigt la page du magazine de jeux vidéo.

— Moi, je te conseille plutôt le coffret de détective privé, suggère Louise, scrutant un autre prospectus de jouets.

Joseph jette un coup d'œil aux propositions enthousiastes de ses deux amis, sans pour autant faire un choix. En guise de réponse, il esquisse un rictus d'hésitation, comme s'il ne voulait froisser ni Louise ni Oscar.

Assis sur le tapis moelleux de la chambre d'enfant, les trois amis continuent leurs investigations, à la recherche d'un cadeau de dernière minute pour l'anniversaire de Joseph. Le jeu m'amuse et je m'assois à côté d'eux, toujours invisible, pour éplucher par-dessus leur épaule les pages illustrées. J'en profite pour faire connaissance avec Oscar, le nouveau copain de classe de Joseph et Louise. Un peu hyperactif sur les bords, le petit garçon aux ongles rongés et aux cheveux bruns en bataille gigote sans cesse, trifouille son nez de manière compulsive comme si une bestiole s'était réfugiée à l'intérieur. C'est aussi un véritable moulin à paroles qui dit tout haut ce qui lui passe par la tête. Son fort accent du Sud le rend sympathique malgré ses maladresses linguistiques. Pour Joseph, devenu sauvage et introverti depuis ma disparition, il fait office de pilule du bonheur ! Le petit garçon tourne si vite les pages du magazine qu'il m'en donne la nausée et me contraint à me déplacer un peu plus loin pour ne pas succomber au mal de mer. Je n'ai pas envie de souiller ma blouse blanche. Personne ne m'a dit « là-haut » si j'ai droit à des vêtements de rechange !

Absorbés par leur mission, encerclés par le monticule de catalogues et de revues spécialisées en vente de jouets, les enfants n'ont pas vu le temps passer.

— Faites une pause, les petits, c'est l'heure du goûter, leur crie Filipa pour la cinquième fois depuis le rez-de-chaussée de la maison. Ça fait plus de deux heures que vous travaillez, vous allez finir par vous abîmer les yeux ! s'obstine-t-elle à leur répéter avec son fort accent argentin.

Les enfants, affairés à leur tâche, en oublient de répondre.

— Il faut vous le dire comment ? Descendez immédiatement ! réitère une autre voix féminine venue troubler l'ambiance studieuse qui régnait dans la chambre.

Je reconnais les intonations d'Ambre, mon amie. Elle est venue passer quelques jours à la maison de la plage à l'occasion de l'anniversaire de Joseph.

Elle est jolie avec sa robe *tie and dye* et ses cheveux blonds relevés. C'est gentil de sa part de soutenir Joseph et son père dans cette période de deuil. Jamais je n'aurais cru qu'elle pourrait se libérer de son boulot, habituellement si accaparant. Rien d'étonnant lorsqu'on voit dans quel état se trouve Raphaël. Il est dévasté par le chagrin. Il erre dans le jardin, fait de longues promenades, seul sur la plage, ouvre mes penderies, fouille dans mes affaires personnelles, restées intactes. On dirait qu'il cherche quelque chose, un signe de ma part qui pourrait donner un sens au reste de sa vie... Mais je ne reviendrai pas, Raphaël.

Les premiers temps, il ne se lavait plus, il ne quittait plus son lit non plus et trouvait seulement un souffle d'énergie pour accompagner Joseph à l'école lorsque, certains matins, Filipa le lui imposait. Il n'y a pas de jour férié, de convalescence ou de deuil lorsqu'on est parent. L'appétit de Raphaël semble revenir depuis quelques jours. Il faut dire que Filipa met tout son cœur à la préparation de bons petits plats.

À moins que ce regain de vitalité ne soit lié à la présence bienveillante d'Ambre. Je les entends souvent, tous les deux, évoquer mon souvenir, les bons moments qu'on passait tous les trois : on formait un trio infernal ! J'entends aussi leurs sanglots le soir, quand tout le monde est endormi. Lorsqu'ils se mettent à parler du calvaire que j'ai enduré, de mon courage, de l'être incroyablement vivant que j'étais. Je crois qu'ils se consolent mutuellement. Je ne leur en veux pas. Ce rapprochement ne plaît pas à Joseph, qui ne parle que très peu à Ambre depuis son arrivée. Peut-être a-t-il peur qu'elle prenne la place de sa maman ? Comment lever ses doutes, lui expliquer que c'est impossible ?

Apeurés par cette nouvelle présence féminine, les enfants s'exécutent sans broncher. Ils dévalent l'escalier comme s'ils étaient pourchassés par un vélociraptor. Ambre ne mérite pas d'être considérée comme leur bête noire. D'autant que Joseph l'a toujours bien aimée. C'était la seule à lui parler comme à un adulte quand il était tout petit. Il prenait ça très au sérieux. Mais aujourd'hui, Joseph a dû dresser un portrait peu reluisant d'elle à Oscar et à Louise. Même le chien Hubert est mort de trouille lorsqu'il la croise dans la maison.

— Qu'est-ce qui vous arrive, les enfants ? demande Filipa, étonnée de les voir si perturbés.

Sans lui répondre, ni la regarder dans les yeux, ils s'emparent des morceaux de pain posés sur la table et filent goûter en paix sur un tronc d'arbre échoué sur la plage.

— C'est quoi, ce bidule ? demande Oscar d'une mine écœurée en ouvrant le pain en deux.

— Mon goûter préféré, s'exclame Louise, en salivant.

— Du « pan con tomate », précise Joseph.

— Du « pan » quoi ?

— Du pain à la tomate écrasée avec un filet d'huile d'olive et du sel.

— Peuchère, c'est dégueulasse, s'exclame le petit garçon. Si j'aurais su, j'aurais amené mon casse-croûte.

— Goûte quand même et tu verras, ça vient du pays de ma maman, rétorque fièrement Louise.

La mine peu convaincue par les avis culinaires de ses amis, l'enfant accepte pourtant de mordre à pleines dents dans la tartine. Il mâche plusieurs fois le pain tout en roulant des yeux.

— C'est bon, ce truc, finit-il par avouer, dès la première bouchée avalée.

— Qu'est-ce qu'on t'avait dit ! répond Joseph, les papilles comblées par le bon goût de tomate et d'huile d'olive.

Les enfants dégustent en silence leur goûter latin. Ils se sont installés au bord de l'eau, à l'abri du vent, dans la petite crique formée par la digue. Hubert s'agite autour des enfants en espérant que l'un d'entre eux partagera son repas. Les yeux fermés, ils savourent les rayons du soleil sur leurs petites frimousses. Pendant qu'ils mangent leur quatre-heures, je rafraîchis mes jambes dans les vaguelettes un peu plus loin. Je m'amuse du clapotis de l'eau, du ressac des vagues venant s'échouer sur mes chevilles. Je relève la tête par moments pour jeter un coup d'œil à ce trio mutin, comme si je pouvais encore veiller sur eux.

— C'est qui, la meuf avec ton père ? demande soudain Oscar.

— C'est… rien, finit par répondre Joseph d'un air résigné.

— C'est Ambre, la copine de sa mère, rajoute Louise.

— Ah… mais qu'est-ce qu'elle fait là ?

— Elle vient pour mon anniversaire.

— Elle vient plutôt mater ton reup, ouais, ricane Oscar.

— La ferme, Oscar ! rugit Joseph en se relevant du morceau de bois. C'était la meilleure amie de ma mère, tu dis que des conneries, continue-t-il de hurler, en balançant du sable avec son pied sur le morceau de pain d'Oscar.

Oscar reste d'abord sans réaction, puis lâche son goûter pour attraper son copain par les épaules. Joseph, d'habitude si calme, riposte en accrochant ses doigts dans la tignasse brune de son camarade, tout en lui assénant de violents coups de pied dans les tibias. Les sandwiches, abandonnés à terre, sont piétinés par les deux adversaires bien résolus à en découdre sur-le-champ. Hubert n'y touche même pas, trop occupé à participer à la bagarre. Louise, effrayée par leur soudaine violence, tente de les séparer avec ses bras menus. Hubert, en bon chien de garde, fend de ses crocs fins et perçants l'une des tongs d'Oscar. L'enfant est ralenti mais n'abandonne pas. En mère tigresse, je saisis un bout de bois recraché par la mer pour apporter du renfort à Louise et Hubert. Comme je peux, sans les blesser, je cherche à éloigner les garçons l'un de l'autre, mais l'objet en bois n'est plus qu'un hologramme qui transperce sans les égratigner les silhouettes enragées des deux enfants.

Deux mains épaisses et puissantes soulèvent soudain Oscar et Joseph par le col de leur chemise. Pris dans la bagarre générale, nous n'avons pas vu venir Raphaël, talonné par Ambre et Filipa. Les deux lutteurs en herbe ressemblent à présent à des vêtements sans forme suspendus à un cintre. Je tourne autour d'eux lentement pour ne rien manquer de la scène.

— Qu'est-ce qui vous prend ? demande Raphaël, en colère.

— On vous entend depuis la maison, rajoute Ambre.

— Qu'est-ce qui a bien pu vous mettre dans un état pareil ? interroge à nouveau le père.

Les enfants, bien qu'ennemis, préfèrent pour le coup garder le silence. Les menaces de Raphaël ne réussiront pas à leur faire cracher le morceau.

— Laisse, Raphaël, ce sont des histoires d'enfants, ils vont se débrouiller tout seuls, dit Ambre prête à défendre leur cause.

— T'es pas ma mère, t'as rien à dire, toi ! lance Joseph rongé par la colère.

Comme par réflexe, la main de Raphaël s'élance alors en direction de Joseph. Elle vient claquer violemment la joue de l'enfant. Totalement impuissante, je me jette à genoux et plante mes poings dans le sable. Cette réaction ne ressemble pas à Raphaël. Il n'a jamais levé la main sur Joseph. Tout le monde semble à fleur de peau, et c'est Joseph qui va payer l'addition !

Guidée par son instinct maternel, Filipa arrache les enfants à la sanction en les saisissant par la main. Raphaël reste un instant hébété sur le sable, surpris lui-même par sa réaction excessive envers son fils. Sur le chemin du retour, je peux entendre Filipa marmonner :

— Elle se prend pour qui, celle-là, elle n'est pas chez elle !

— Vous parlez à qui, Filipa, hein ? demande Ambre au bord des larmes.

Sans même se retourner, soulevant nerveusement le sable avec ses pieds, la main d'un enfant dans chaque paume, Filipa lui répond :

— Aux anges gardiens, bien sûr, aux anges !

Mon Dieu, Filipa sentirait-elle ma présence ? Je me retourne plusieurs fois nerveusement, comme si elle m'avait réellement aperçue.

De retour dans le salon, Filipa et les enfants aperçoivent Raphaël et Ambre par la baie vitrée, en pleine conversation. Je me suis rapprochée de la vitre afin de mieux observer l'expression grave de leurs visages. Ils ne se regardent pas, préférant fixer le sol. Les pointes de leurs pieds se mettent à dessiner des cercles pour fouiller le sable. Ambre pose sa main à plat sur le torse de Raphaël, comme si elle cherchait à le rassurer. Filipa referme alors bruyamment la fenêtre pour mettre fin à ce spectacle d'une intimité embarrassante pour tout le monde. Je voudrais tant dire à Filipa de laisser faire les choses, qu'il y a prescription, que Raphaël a le droit d'être heureux. Si Ambre m'a plu en tant qu'amie, il est compréhensible que ces deux-là finissent ensemble. Le bruit de la baie vitrée qui claque fait sursauter les deux adultes sur le sable. Comme si on les avait pris en flagrant délit, ils préfèrent partir se promener le long de la plage.

Malgré sa douceur et sa diplomatie à l'égard des enfants, Filipa n'en saura pas plus sur l'origine de la dispute entre Oscar et Joseph.

— D'accord, vous avez décidé de jouer l'omerta, mais je veux savoir si vous êtes en mesure de faire la paix. Sinon je ramène Oscar chez ses parents dès ce soir, et tant pis pour l'anniversaire de demain.

— Non, non ! supplient les enfants visiblement enclins à sortir de leur mutisme.

— Bon, je prends cette réponse donnée en chœur pour un oui. Vous pouvez retourner à vos occupations. Mais je ne veux plus rien entendre, pas le moindre cri, coup de pied ou pleur, dit-elle en faisant les gros yeux.

Louise et Oscar remontent dans la chambre de Joseph afin de continuer leur recherche de cadeaux. Joseph, la joue encore rouge, préfère s'attarder quelques minutes avec Filipa dans la cuisine. Il tourne autour du plan de travail central. Du bout de son index, il en dessine le contour. Filipa a repéré son manège.

— Qu'est-ce que tu as, Joseph ? demande-t-elle avec douceur en terminant de répertorier la vaisselle en carton pour la réception du lendemain. Tu veux me dire ce qui s'est passé entre vous ?

Joseph baisse les yeux, pâlit, sa bouche se tord puis commence à trembler.

— Elle me manque tant, Filipa !

— Mon Joseph, viens contre moi, lui dit-elle en comprenant la raison de son chagrin.

— Elle est où, ma mère, hein, Filipa ? sanglote Joseph.

— Je ne sais pas, Joseph, je ne sais pas, dit-elle.

— L'autre soir, je lui ai laissé un Goal dans ma cachette, tu sais un jeu de grattage, eh bien tu devineras jamais, Filipa ? Mamou n'est même pas venue le chercher !

— Elle n'est plus là, Joseph. C'est pour ça.

— Elle m'a abandonné, tu veux dire !

— Dis pas ça ! Si elle avait pu, elle ne t'aurait jamais quitté.

— Et puis j'y comprends rien, moi, à toute cette histoire. Elle est morte comment, maman ?

— D'un accident de la route.

— Alors pourquoi elle parle de maladie dans sa lettre ? ! !

— Elle te l'avait expliqué, elle était très malade depuis plusieurs mois. Elle pensait que tu avais compris. Quand elle t'a écrit, elle pensait qu'elle avait peu de chances de guérir. Mais elle ne pouvait pas imaginer qu'elle allait mourir autrement…

— Tu crois qu'elle a souffert ? Tu crois qu'elle a eu le temps d'avoir peur ?

— Non, elle n'a pas eu mal, mon chéri. Elle est morte sur le coup.

— Avec qui je vais dire des gros mots sans me faire gronder, maintenant ? sanglote Joseph.

— Avec Louise, avec moi, si tu veux.

Accroupis dans la cuisine, Filipa et Joseph restent un bon moment dans les bras l'un de l'autre. À l'unisson nous nous mettons à pleurer toutes les larmes de nos corps blessés. J'entoure de mes bras Joseph et Filipa. Je ne peux rien faire d'où je suis. Ils ne sentent même pas ma chaleur. Joseph caresse le dos de la gouvernante. Le doux bercement de l'étreinte maternelle semble apaiser le petit. Je sais à présent pourquoi j'ai choisi sans la moindre hésitation d'embaucher Filipa. Je ne lui ai même pas demandé d'énumérer son impressionnant curriculum vitae de gouvernante ou de me montrer les lettres de recommandation de ses anciens employeurs. Non, c'était une évidence… Filipa était une mère. La fibre maternelle jaillissait par tous les pores de sa peau. Je l'ai adoptée sur-le-champ.

— Viens avec moi, dit-elle à Joseph.

Son mouvement précipité me propulse vers l'arrière. Me voilà sur le dos, les quatre fers en l'air comme une tortue immobilisée par sa carapace. Guidé par Filipa, Joseph monte les marches de la maison, traverse le long couloir, passe devant sa chambre à pas feutrés pour ne pas attirer l'attention de Louise et Oscar, puis arrive à la mezzanine. Filipa pousse la porte de sa chambre, entraîne l'enfant avec elle devant sa petite commode. Tous les deux regardent fixement le meuble en bois massif, puis Filipa finit par ouvrir le deuxième tiroir. Elle en sort délicatement un flacon de parfum, place lentement la fiole rectangulaire d'inspiration Art déco entre son visage et celui de Joseph. À travers le verre du précieux liquide couleur topaze, l'enfant peut apercevoir l'œil démesuré et un peu effrayant de Filipa en train de l'observer.

— Tu ne peux plus voir ni toucher ta maman, Joseph, mais tu peux encore la sentir, lui dit-elle dans un murmure, comme si elle lui confiait un secret.

Filipa dévisse avec prudence le bouchon de cristal, puis demande à l'enfant de fermer les yeux. Joseph approche son nez du minuscule goulot. C'est mon odeur ! Celle qu'il sentait quand je le serrais très fort dans mes bras lorsqu'il était malade, quand je l'embrassais dans son lit avant de partir à un gala, l'odeur que je laissais dans mon sillage et que Joseph respirait à pleins poumons quand je passais dans les couloirs de la maison. J'ai envie de serrer Filipa dans mes bras pour avoir eu une idée aussi lumineuse. Me voilà réincarnée ! Quelques instants volés à la mort, le temps que les molécules du doux effluve s'évaporent. Dès la première inspiration, le choc est si fort pour l'enfant qu'il ouvre brusquement les yeux et tombe à la renverse sur les carreaux de ciment de la chambre de Filipa. Comme s'il avait vu apparaître un fantôme. Filipa le relève et glisse un instant l'inestimable flacon entre les mains de l'enfant. De ses mains d'adulte, elle invite les petits doigts de Joseph à se refermer délicatement sur la bouteille. Elle prend alors un mouchoir en tissu, incline la main de l'enfant et y verse quelques gouttes de l'élixir.

— Ta maman m'avait offert son parfum avant de mourir. Ce flacon est à toi à présent, ce sera mon cadeau d'anniversaire. Nous le garderons en sécurité dans ma commode. Conserve précieusement ce mouchoir, c'est un peu d'elle que tu emportes avec toi.

L'enfant approche de son nez le morceau de tissu. Il ferme à nouveau les yeux et ses narines hument les notes d'agrumes et de verveine si chères à mon cœur. Je penche mon visage vers celui de Joseph et nous respirons ensemble la fraîche fragrance. Retrouver un peu de moi me fait plaisir.

L'évocation de mon souvenir est interrompue par un courant d'air et le claquement de la baie vitrée au rez-de-chaussée. Raphaël et Ambre sont de retour de promenade. Le téléphone se met à sonner. Du haut de l'escalier, sans faire un bruit et l'air complice, Joseph et Filipa dressent l'oreille.

Je glisse ma tête entre les barreaux du balustre pour mieux entendre la conversation.

— Oui, bonsoir Fred, répond Raphaël.

— Oui… la lettre pour Joseph… demain… Entendu… nous viendrons.

23

21 juin 2003

— Joyeux anniversaire, joyeux anniversaaaaire, Joyeux anniversaaaaaire Joseph… joyeux anniversaaaaaaaaaire !

Sous un tsunami d'applaudissements et de rires, les flammes vigoureuses des onze petites bougies chancellent, plient sous l'effet du souffle de Joseph, puis finissent par s'éteindre. Une fumée noire, aussi lugubre que les ténèbres, s'échappe lentement des colonnes de cire posées sur le gâteau. Dire que j'appartiens désormais à ce monde.

Le regard de Joseph s'efforce d'admirer le framboisier au chocolat confectionné par Filipa. Ma fidèle Filipa s'est surpassée pour faire oublier mon absence à Joseph. Je n'aurais pas fait mieux. Des ballons roses et blancs, gonflés à l'hélium, ont envahi la maison. Les cadeaux pleuvent comme des grains de riz lancés au visage de mariés un jour de noces. Mais Joseph ne semble pas s'en réjouir. Il a l'esprit ailleurs. Je connais mon petit garçon. Il s'applique à rire aux éclats, tout le bas de son visage s'anime, ses gestes sont ronds, amples et généreux, mais ses yeux restent vides et tristes. Il donne le change aux amis venus aujourd'hui pour l'occasion. Les convives n'y voient que du feu. Excellent jeu de comédien, mon Joseph, tu es bien le fils de ta mère ! dis-je assise sur la poutre centrale du plafond cathédrale du salon. Son faux *self* ne me trompe pas, en tout cas. Morte ou vivante, l'instinct d'une mère est infaillible.

Ma place haut perchée me permet d'avoir un œil sur toute la réception. Tiens, Norbert, le réalisateur de la série, est venu. Hubert, le chien, a réussi à chiper quelques biscuits apéritifs, qu'il dévore, camouflé sous la table basse. Les enfants invités, ainsi que Louise et Oscar, déchirent bruyamment les paquets cadeaux. C'est un véritable concert de bruits de papier froissé qui se joue en ce début d'après-midi sur la terrasse de la maison, face à la mer. Un verre à la main, les adultes discutent un peu plus loin.

Raphaël et Ambre ne se quittent plus. Ils ressemblent à deux moineaux égarés qui cherchent un peu de chaleur en frottant leurs plumes l'un contre l'autre. Pourtant, il fait une chaleur à crever en ce premier jour d'été. L'air est suffocant. Et si c'était ce manège qui perturbait mon bébé tout autant que ma mort ?

Filipa a préparé sa fameuse eau citronnée à la menthe fraîche. Je donnerais cher pour pouvoir goûter à ce breuvage une dernière fois. Mais les morts n'ont pas soif. Je connais enfin l'ingrédient secret qu'elle y incorpore. Mon statut de fantôme m'aura au moins servi à ça ! Il me permet de m'infiltrer partout avec amusement sans être remarquée. La belle Argentine ajoute dans son breuvage une cuillerée à soupe de grenadine ! Je l'ai vue faire, à l'aube, dans la cuisine. Un pur régal habituellement, sauf aujourd'hui. Ce matin, j'ai aussi vu les enfants y plonger avec malice le glaçon qui avait servi à congeler la malheureuse fourmi. Elle n'est pas revenue à la vie, elle flotte désormais à la surface de la carafe d'eau citronnée qui s'apprête à être proposée aux invités. Si Filipa s'en rend compte, elle tuera les enfants !

Cherchant un peu de complicité, je me retourne vers Joseph pour capter son sourire. Mais mon fils s'est éclipsé des festivités. Je descends en lévitation de ma poutre pour partir à sa recherche. Il ne me faut que quelques secondes pour faire le tour de la spacieuse demeure. Même Hubert, qui me suit habituellement à la trace, n'a pu tenir le rythme ! Joseph n'est pas dans sa chambre. Je le retrouve dans celle de son père, et accessoirement encore la mienne. Lorsque je n'arrive pas à dormir dans mon nouveau lit capitonné six pieds sous terre, il m'arrive de rejoindre Raphaël. Lorsque je me glisse sous les draps, ma présence le fait frissonner. Puis il se couvre, croyant sans doute que la brise l'effleure.

L'enfant a ouvert la « boîte des mots qu'on ne peut pas dire », celle dans laquelle on avait pour habitude de glisser des petits bouts de papier sur lesquels étaient emprisonnés les jurons qu'on avait eu le malheur de prononcer, aussi bien Joseph, Raphaël, Louise et Filipa que moi. Aujourd'hui, Joseph a éparpillé à terre les morceaux de papier recouverts de nos gros mots. Il a aussi ouvert les portes de mon immense dressing, et caresse doucement la manche à sequins d'une de mes robes suspendues dans la penderie. Son sourire est tout à coup revenu sur son visage. Joseph enfile à présent mes talons hauts et commence à contempler sa silhouette dans le miroir fixé à la porte.

Mon fils semble soudain surpris dans sa rêverie. Un bruit en provenance de l'escalier le fait sursauter. Des pas feutrés, mais décidés, longent le couloir en direction de la chambre. Joseph referme avec hâte les portes de la penderie, puis se cache derrière l'impressionnant mille-feuille formé par les épaisseurs des robes longues haute couture. Recroquevillé, les pieds toujours chaussés de mes escarpins beaucoup trop grands, les mains tenant fermement ses genoux, il tente de retenir sa respiration haletante. Je me tiens à côté de lui, complice de ce jeu de cache-cache.

Les pas féminins pénètrent enfin dans la chambre, puis dans le dressing-room. Ils s'arrêtent brusquement devant les portes de la penderie où nous nous cachons. Silence. Les portes s'ouvrent d'un coup et laissent entrevoir des jambes féminines exagérément bronzées pour la saison. Ce sont celles d'Ambre. Depuis l'obscurité de notre cachette, nous entendons le glissement de sa main sur les tissus précieux. Ses doigts font bouger les portemanteaux comme si la visiteuse passait en revue les différents modèles. Puis Ambre se décide à décrocher un cintre. La robe choisie est un fourreau que j'ai porté pour la cérémonie des Césars, il y a trois ans. Ambre, qui était avec moi lors de l'essayage, avait totalement craqué pour cette pièce unique. Elle avait appuyé mon choix à l'époque. La jeune femme applique le cintre contre sa poitrine et observe avec admiration sa silhouette dans le miroir.

Ambre est une belle femme blonde et élancée. Mais trop grande et trop plate pour porter mes tenues, faites sur mesure pour les courbes d'une Méditerranéenne ! Je devrais la détester de tenter de se glisser dans ma peau, mais j'aperçois une larme couler sur sa joue. Ambre ne souhaite pas me voler ma vie ! Elle ne cherche qu'à me retrouver, tout comme Joseph quand il sent les effluves de mon parfum. À retenir encore un bout de moi dans son deuil. Je suis si désolée, Ambre, de vous avoir fait ça.

— Nooon ! hurle sans prévenir Joseph en sortant brusquement de mes jupons.

Il ressemble à un mérou surgissant de sous un rocher.

— Tu reposes cette robe. Elle appartient à ma mère !

— Qu'est-ce que tu fais là ? s'écrie Ambre sous l'effet de la surprise.

— Dégage d'ici, c'est pas chez toi ! Laisse les affaires de ma mère !

Ambre, Joseph et moi, tous bien décidés à avoir le dernier mot, nous mettons à tirer instinctivement sur une extrémité de la somptueuse robe. C'est qu'ils ont une sacrée poigne, ces deux-là !

Les hurlements d'Ambre et de Joseph finissent par alerter les convives. Raphaël fait irruption à son tour dans la chambre, suivi par tous les invités. Les copains, les parents des copains, tout le monde est là pour assister, impuissants, à ce piteux spectacle.

Les forces contraires imposées durant plusieurs minutes au précieux morceau de tissu rompent brutalement les coutures de la robe. Joseph et moi tombons en arrière, une partie du bustier gisant dans chacune nos mains.

— Je voulais seulement regarder..., se justifie Ambre.

— Menteuse !

Lasse, je me mets à ramasser les morceaux de la robe de gala. C'est bien plus que ma robe qui est partie en lambeaux, c'est toute ma tribu qui se déchire à cause de mon absence. J'aimerais que Raphaël intervienne, qu'il tempère tous ces sentiments de haine qui n'ont pas lieu d'être. Joseph, Ambre n'est pas ton ennemie, elle souffre comme toi d'avoir perdu un être cher.

Sur le tapis de la chambre, je tente de rafistoler en vain la jolie tenue. Mais je ne peux saisir les morceaux de tissu, à peine les faire se soulever. « C'est sûrement le courant d'air qui anime la robe », penseront les invités en voyant les bouts de tulle s'agiter.

Raphaël affiche un visage fermé. Je le connais par cœur : sa mâchoire verrouillée à double tour, sa ride du lion accentuée et sa nuque raide témoignent d'une extrême colère rentrée.

— Ça suffit, Ambre !

Sa sanction sans appel me détourne de mon ouvrage. Terriblement vexée et humiliée, Ambre sort en trombes de la pièce. Elle fend la foule d'invités sans égards ni ménagement.

Joseph relève la tête vers son père. Il se jette sans retenue dans ses bras, comme s'il retrouvait un être cher perdu de vue depuis longtemps. L'assemblée attendrie préfère s'éclipser.

— Papa !

— Mon bébé ! Ne t'en fais pas, Joseph, personne ne prendra la place de ta maman.

— Mon papounet à moi, dit l'enfant en se réfugiant dans le cou de son père.

— Pardon pour la gifle d'hier, je ne voulais pas.

— C'est pas grave, papa, c'est pas grave, tente de l'apaiser l'enfant en lui caressant la nuque.

Dehors, les crissements de pneus de la voiture d'Ambre inondent le quartier résidentiel, habituellement calme et sans histoire.

— Je suis si triste.

— Je sais, elle me manque aussi. Je suis si maladroit avec toi. Elle prenait tellement de place à tes côtés. Mais je vais faire des efforts, mon Joseph, tu vas voir, t'es pas tout seul.

— Oui, papa.

— Ça te dirait d'aller chercher la lettre maintenant, Joseph ?

24

22 juin 2003

Une odeur d'eau de Javel et de serpillière mal rincée vient couvrir les émanations fétides des toilettes de l'école. L'odeur est si entêtante qu'elle réveillerait un mort ! Enfin, presque. Au loin, les cris et les rires des enfants jouant dans la cour rythment les dix minutes de récréation de la matinée.

La moitié du corps penchée au-dessus de la cloison, j'aperçois Joseph assis sur le siège des toilettes voisines. Avec sa discrétion légendaire, mon fils s'est éclipsé de ses camarades. L'espace de quelques instants, il a échappé à la surveillance rapprochée d'Oscar et Louise, qui lui collent toujours aux basques depuis ma mort. Je les aperçois qui cherchent leur ami dans la cour, volant autour des platanes centenaires tels des insectes à la recherche d'une cible. Ils quadrillent l'espace dans ses moindres recoins. En vain, pour l'instant. Mais ils ne vont pas tarder à venir fouiner par ici.

Joseph a judicieusement remonté ses pieds sur la cuvette, il tient à présent dans ses mains ma lettre décachetée. Il est passé hier chez Fred, qui n'a pas eu la force de venir la lui remettre lors de la fête d'anniversaire. Elle contient la première mission que j'ai savamment élaborée pour mon fils. Raphaël aurait bien aimé en savoir un peu plus dès hier soir, mais Joseph est resté toujours aussi secret sur la nature de mes messages. Il a préféré découvrir mes indications sans témoin. Depuis les W.-C. de l'école... Joli endroit pour reprendre contact avec sa maman, Jo. Un pur bonheur !

Sa tête va et vient de gauche à droite au rythme de mes lignes manuscrites. J'aperçois sa poitrine se gonfler et ses pommettes rosir d'émotion.

— Maman, tu es là ! lâche sa voix en écho dans les toilettes.

— Oh mon chéri, oui je suis là ! essayé-je de lui répondre, les mains tendues vers lui, le reste du corps toujours en équilibre sur ma fine cloison.

Poumons remplis à bloc, je dirige mon souffle telle une rafale de vent sur la feuille de papier. Devant cette brève courbure de ma lettre sous ses doigts, troublé par le phénomène, Joseph interrompt sa lecture. Il lève soudain la tête puis regarde droit dans ma direction. Ses yeux croisent les miens. Je veux y croire, même si ce n'est pas vrai. J'ai l'impression qu'il me voit ! Nous restons ainsi quelques secondes, dans l'illusion d'un échange de regards. Moi, à l'admirer, lui, à sourire aux anges.

— Joseph, tu es là ? demande Louise tirant à deux mains sur la poignée usée de la vieille porte des toilettes.

En l'absence de réponse, Oscar, son binôme, se précipite dans les toilettes voisines pour escalader le mur. Il semble bien déterminé à voir qui peut bien se cacher de l'autre côté de la porte verrouillée. Nous voici maintenant à deux dans le même lieu ! Plus qu'une seconde et Oscar découvrira son copain, sans soupçonner ma présence à ses côtés. Il va l'interrompre dans sa lecture, peut-être faire capoter la mission ou se montrer trop curieux. Non, cette lettre et son contenu n'appartiennent qu'à mon Jo ! Sans trop savoir pourquoi, je me mets à souffler sur les yeux du petit garçon intrusif. Gêné par la brise venue de nulle part, l'enfant passe ses mains devant son visage. Quelques poussières déposées sur le muret s'infiltrent sous ses paupières et l'incitent à abandonner son enquête. Aveuglé, l'enfant manque de tomber. Il se retient comme par instinct à la chaîne rouillée de la chasse d'eau. Dans sa chute, l'eau s'échappe du réservoir, inondant le pied droit de l'enfant trop curieux.

Occupé à sécher le bas de son pantalon, Oscar, une chaussure à la main, bat en retraite dans le couloir de l'école, puis rejoint le préau, talonné par Louise.

À peine perturbé par tout ce vacarme, Joseph n'a pas interrompu sa lecture. Malgré la sonnerie annonçant la fin de la récréation, il continue à tourner lentement la feuille blanche. Joseph lit les derniers mots inscrits par mes soins, puis s'écrie tout en ouvrant la porte comme un taureau entrant dans l'arène :

— Mais je n'y arriverai jamais, maman !

25

Arrivé à la maison, penché sur son devoir de maths, ce soir, Joseph a du mal à focaliser son attention. Assis à son bureau, le dos rond et la joue appuyée dans la paume de sa main, il fait glisser la lettre contenant la première mission entre les feuilles doubles de son classeur. Il ne peut s'empêcher de la relire, se demandant de quelle manière procéder pour respecter mes indications.

Mon Joseph, comme je suis heureuse de te retrouver aujourd'hui. D'abord, je tenais à te souhaiter un très bon anniversaire, mon amour. J'espère que tu as reçu beaucoup de cadeaux, et surtout que les gens que tu aimes étaient avec toi en ce jour de fête.

Comment vas-tu, mon petit trésor ? Je sais... c'est encore si frais, ce qui nous est arrivé, tu dois être encore très triste et malheureux de ne plus me voir. Mais je te l'ai dit la dernière fois, ta vie sera merveilleuse dès que la croûte se sera formée. Le temps panse les pires blessures sans effacer pour autant l'amour que l'on a pour les êtres chers et disparus. Mais souvent, pour grandir, il faut savoir tomber, Joseph. Tu as fait une grosse chute en me perdant, mais je te demande de faire confiance à ta petite maman. Tout va s'arranger. N'oublie pas de t'amuser au lieu de venir traîner dans un cimetière ! Ce sera le plus beau des cadeaux que tu pourras me faire, mon Jo.

Je voudrais te donner des nouvelles d'ici, te dire que l'accueil a été chaleureux de l'autre côté, mais à l'heure où je t'écris, je n'en sais strictement rien.

Parle-moi plutôt de toi. Papa et Filipa s'occupent-ils bien de toi ? Joues-tu toujours avec Louise ? L'amitié est précieuse, tu sais. Pense bien à travailler ton piano, et à apprendre tes leçons !

Tu as donc eu onze ans… C'est joli d'avoir onze ans… Pour fêter l'événement, je voudrais t'enseigner une valeur importante. Elle te servira toute ta vie. Tu aimes toujours autant les jeux à énigmes, mon Joseph ? Alors tu vas être gâté !

As-tu déjà entendu parler de « l'acceptation », mon Joseph ? De mon court passage sur cette terre, j'ai appris qu'il ne sert à rien de vouloir changer ou retenir ce qui ne peut pas l'être. C'est comme foncer dans un mur tête baissée. On y laisse des plumes et beaucoup d'énergie tout en restant sur place.

Je suis morte, mon Joseph, et personne n'y peut rien. La tristesse, la colère et la rancœur que tu retiens en toi ne te ramèneront pas ta maman. Il est temps de lâcher prise.

Sans le savoir, tu sais déjà te séparer des choses et des êtres, mon chéri. J'ai eu l'occasion de l'observer à plusieurs reprises. Par exemple, lorsque tu dis au revoir à un ami venu jouer à la maison, ou quand tu refermes un livre sans avoir pu terminer une histoire passionnante, quand tu éteins ta lampe de chevet pour t'endormir parce qu'il est l'heure, ou quand tu souhaites une « bonne journée » à Hubert avant de partir à l'école… Tu vois, ce n'est pas si compliqué d'accepter les choses telles qu'elles sont ! Tu le fais déjà tous les jours sans t'en rendre compte.

Pour t'aider à faire renaître ce sentiment au fond de toi, je te demande pour cette première mission de :

– Trouver un objet mou, mais suffisamment résistant pour y déverser toute la colère et l'injustice que tu ressens de ne plus avoir ta maman auprès de toi. Laisse-toi aller ! Pour une fois, maman t'autorise à dire les pires gros mots qui te viendront à l'esprit.

– Chercher ensuite un objet auquel tu tiens très fort et l'offrir à une personne bienveillante qui saura en prendre soin. Il faut que cet objet soit très précieux à tes yeux. Et que ce soit un sacrifice de t'en séparer.

– Enfin, faire appel à ton imagination pour sentir glisser sur toi les émotions négatives liées à mon départ.

Je t'embrasse, mon chéri, et te souhaite bonne chance.

À très bientôt pour la prochaine lettre. D'ici là, sois gentil avec papa, obéis à Filipa, et vis à pleins poumons !

Ta maman qui t'aime.

PS : Ah, j'allais oublier : pense à mettre ta casquette et de la crème solaire cet été si tu vas jouer sur la plage !

Assise sur le rebord de la fenêtre, le regard tourné vers la mer, j'écoute la voix de Joseph relire mes consignes. Je le vois lever les yeux au plafond, l'air songeur, ses pensées en ébullition. Je sais qu'il trouvera tout seul, il ne manque pas de créativité. Assis sur sa chaise à roulettes, Joseph part soudain en arrière, traversant la chambre d'un bout à l'autre sur son curieux engin.

Joseph, je ne t'ai pas demandé de tout casser, ce n'est pas la solution !

Illuminé par un éclair de génie, mon fils descend précipitamment dans la cuisine. Filipa et Louise ont déserté les lieux. Elles sont en ville, à Montpellier, et en auront bien pour deux bonnes heures. Joseph disparaît sous la table et en ressort quelques secondes plus tard, l'os en plastique d'Hubert à la main.

Il se dirige vers l'entrée de la cave et marque un temps d'arrêt en poussant la porte. La descente est obscure, vertigineuse et terrifiante pour un petit garçon livré à lui-même dans cette grande maison. Hubert s'engouffre en premier pour lui montrer la voie. Encouragé par la bravoure de son chien, il allume l'interrupteur avant de disparaître dans les bas-fonds de la maison de la plage. Je les attends, déjà en bas de l'escalier.

Sans rien dire, Joseph s'assoit quelques minutes sur la dernière marche, la lettre dans une main et l'os en caoutchouc dans l'autre. Sans raison, il lâche soudain le papier pour se concentrer sur le jouet du chien. Il le compresse d'abord entre ses deux mains, puis le tord plusieurs fois, sans grande conviction. Son regard devient sombre, sa bouche se plisse, sous le regard témoin du chien de plus en plus agité. Il insiste encore, reproduit de manière incessante les mêmes gestes, ses sourcils se froncent, des râles commencent à sortir de sa gorge. Hubert s'aplatit face au comportement étrange de son petit maître. Il aboie comme s'il voulait récupérer son jouet. Puis un flot incontrôlable de larmes s'échappe du visage du petit garçon. Il tape enfin l'objet robuste par terre en criant :

— Pourquoi, tu m'as fait ça, tu es où maman ? Mamaaan !

Hubert tourne autour de l'enfant, l'air affolé et démuni. Il tente de lui reprendre l'objet, persuadé que l'enfant veut jouer avec lui. Joseph le repousse.

— Dégage, Hubert, j'ai plus ma maman, c'est trop injuste, injuste… Je veux mourir, je veux aller la rejoindre ! dit-il dans un cri de souffrance interminable.

Je suis à genoux devant lui, tordue de douleur, les mains tendues vers son visage. Je voudrais recueillir toute sa souffrance, extirper le mal contenu dans son petit corps. C'est dégueulasse d'avoir à vivre tant de chagrin à cet âge-là ! Les quelques coups de langue du ratier sauvent Joseph de la crise de nerfs. Avec une force surhumaine, l'enfant balance de rage l'os qui me traverse sans me faire mal, avant de s'écraser violemment contre le mur de la cave.

Joseph est en pleurs, à terre, sans énergie. Vide. Recroquevillé sur le sol poussiéreux, en position fœtale, il reste inanimé. Son corps tremble malgré mon spectre tout contre lui.

Hubert me fixe de son regard aveugle, sent ma présence, me renifle en silence.

Le temps manque à Joseph. Bientôt Filipa et Louise rentreront. Il sait qu'il doit finir sa mission. L'enfant s'essuie les yeux, remonte l'escalier en enjambant deux à deux les marches en bois. Dans sa chambre, il fouille les lieux à la recherche de quelque chose. Les coussins déposés sur son lit volent, les livres de sa bibliothèque dégringolent.

Joseph fouille son armoire, renverse le contenu de son coffre à jouets, ouvre sans ménagement les tiroirs de son bureau avant de s'arrêter enfin sur le contenu de l'un d'entre eux. Par-dessus son épaule, j'aperçois une canette de Coca-cola, un chewing-gum déjà mâché collé dans un angle, une paire de chaussettes et des feutres sans bouchon. Le moment est mal choisi pour le gronder, mais quel bazar ! Du bout des doigts, Joseph sort délicatement un porte-clés. Où a-t-il bien pu se procurer cette horreur ? Je plisse les yeux pour mieux identifier l'objet et actionner ma mémoire. Rien à faire. Ce bout de plastique représentant l'emblème de la Coupe du monde n'a aucune valeur. Joseph ne joue même pas au foot. Joseph déteste le foot ! Joseph, tu n'as pas compris la mission. Ce vulgaire bout de plastique n'a aucun sens !

Nous entendons la clé de Filipa tourner dans la serrure. Les filles sont rentrées plus tôt que prévu ! Les voix de Louise et de sa maman dans le hall d'entrée précipitent la fin de la mission. Joseph court dans la chambre de Louise pour déposer l'objet hideux sur le lit, accompagné d'un petit mot inscrit à la hâte sur un Post-it. C'est ni fait ni à faire, cette histoire, mon Joseph !

La petite fille, les bras chargés de sacs de shopping, a tout juste le temps de voir Joseph refermer la porte de sa chambre avant de s'enfuir à nouveau vers la salle de bains.

— Hé, dis donc, c'est ma chambre ! lui signifie-t-elle.

La lettre ? Il a oublié la lettre dans la cave. Il ressort comme une furie de la salle de bains, bouscule

Louise et redescend à la cave. Filipa a été plus rapide que lui. Elle s'y trouve déjà, la lettre à la main. Comme pris en faute, le petit garçon est désemparé. Filipa sourit en lui tendant le papier froissé.

— Tu avais oublié d'éteindre la lumière de la cave. Je crois que ceci t'appartient.

L'enfant s'empare de la feuille et remonte dans la salle de bains en claquant bruyamment la porte. Filipa s'égosille d'en bas pour que le bruit de porte qui claque cesse rapidement.

Assis sur le rebord de la baignoire, Joseph relit la dernière instruction : *sentir glisser sur toi les émotions négatives liées à mon départ.* Je le vois relever la tête et sourire d'un air triomphant. Il envoie balader ses habits et file nu comme un ver sous la douche. Je n'avais pas vu son visage aussi serein depuis des semaines. Victoire, mon petit garçon reprend goût à la vie ! Le temps de la douche, je détourne pudiquement le regard de la silhouette nue de mon prépubère adoré.

J'en profite pour traverser le mur de la salle de bains et rejoindre la chambre de Louise. La petite fille a trouvé l'objet et le Post-it sur lequel Joseph a inscrit : *Je te confie ce porte-clés. Il n'est pas très beau, mais il compte beaucoup à mes yeux car c'est ma mère qui l'a gagné pour moi à la foire de Palavas il y a deux ans. C'est un vrai porte-bonheur. Je le garde toujours dans ma poche les jours d'interrogation écrite. Je n'en ai plus besoin car ma maman se trouve dans mon cœur. J'espère qu'il te portera bonheur autant qu'à moi.*

Je me souviens enfin ! C'est un porte-clés que nous avions réussi à capturer dans les machines à pince. Avec Louise et Filipa pour complices, Joseph avait réussi à me traîner dans cette fête foraine. Je ne savais pas qu'il l'avait gardé, et que cette babiole comptait autant à ses yeux.

Contre toute attente, Joseph a bien accompli sa mission. Il peut enfin savourer sa douche et sentir une multitude de gouttelettes emporter avec elles ses pensées négatives et ses tourments.

Avant de quitter la pièce et de laisser Joseph profiter de ce moment de libération, je tente de dessiner un petit cœur à l'aide de la vapeur d'eau déposée sur le miroir. Ça marche ! L'eau transformée en gaz me permet de laisser une trace. Joseph ne le verra sans doute pas, cela pourrait l'effrayer, d'ailleurs, mais en laissant ce petit signe, j'ai l'impression d'avoir rejoint quelques instants le monde des vivants. Tout près de mon enfant.

26

21 juin 2017

— Tu t'adresses toujours aux gens comme ça ou bien tu fais des efforts spécialement en mon honneur ? ironise Joseph en retournant vers la fille.

— Ne t'approche pas de moi, Dugland ! dit-elle en reculant rapidement.

Sentant le vide à quelques centimètres, Joseph préfère stopper ses provocations.

— Euh, non, moi c'est Joseph.

Appuyée contre la vieille antenne télé oubliée sur le toit, j'écoute avec attention leur conversation. Sans quitter des yeux cette drôle de créature, visiblement instable, Joseph s'assoit en tailleur au beau milieu du toit pentu. Il scrute d'abord le ciel, comme si la météo pouvait avoir une quelconque influence sur l'humeur de la fille. Puis il soulève les volants de tulle de sa robe pour extraire un paquet de cigarettes de l'arrière de son jean. Il en porte une à ses lèvres. Puis il se remet à fouiller ses poches à la recherche de son briquet. En vain.

La fille, qui espionne tous ses mouvements sous son épaisse mèche, lui lance un paquet d'allumettes, qu'il rattrape d'une seule main, à la volée dans la pleine obscurité. Son geste rapide, ferme et viril, dévoile sans pudeur ses biceps fermes et harmonieusement dessinés. Le contraste entre le haut de son buste d'homme nu et sa taille fermement ligotée dans son corset blanc le rend encore plus sensuel et énigmatique. Ni la légère rougeur montant aux pommettes de la jeune femme, ni le passage de sa main dans ses cheveux n'échappent à Joseph. Ni à moi d'ailleurs. Il lui plaît !

— Arrête de sourire comme un con ! lui dit-elle en mettant ses lunettes noires dans l'espoir de cacher son émotion.

— Quoi ? Qu'est-ce que j'ai fait ? dit-il d'un air moqueur.

— Si tu continues à sourire comme un naze, je te démonte, j'te dis !

— Tu sais, il fait nuit, pas besoin de lunettes de soleil à cette heure-ci…

Joseph consent à ranger son sourire le temps d'allumer sa cigarette.

— J'en veux bien une, dit-elle en acceptant de s'asseoir à son tour, hors de sa portée.

Ce rebord de cheminée, situé à quelques centimètres de l'antenne, semble faire l'affaire. Joseph est inquiet. La fille est fébrile, elle porte des marques de scarifications au niveau des poignets, bouge sans cesse les jambes, se penche en avant comme pour se bercer, elle est visiblement alcoolisée. Elle pourrait tomber à nouveau à tout instant.

— Alors, quel bon vent t'amène par ici ? dit-il la clope au bec et les bras grands ouverts tendus vers le ciel, tentant de détendre l'atmosphère.

— Qu'est-ce que ça peut te foutre ?

Joseph encaisse les remarques désobligeantes sans rien dire, mais ses traits soudainement plus marqués témoignent de son exaspération. Cette fille n'a vraiment rien pour séduire. Androgyne, maigrichonne, cheveux trop courts (hormis cette mèche qui dévore son visage) et trop foncés. Je me demande s'il ne ferait pas mieux de la laisser se débrouiller, après tout ! De rage, je tourne comme un tourbillon, à vive allure, autour de l'antenne qui se met à trembler toute seule.

Les deux égarés regardent dans ma direction, un peu surpris par le mouvement inexpliqué de l'objet en métal. Il fait une chaleur étouffante, ce soir, et la brise n'est pourtant pas au rendez-vous pour rafraîchir les corps et faire vaciller les objets.

— Je voulais voir la vue d'en haut. On m'a parlé du pic Saint-Loup. Elle est où, cette putain de butte ?

— Juste là, derrière toi, à l'horizon, mais à cette heure-ci, tu peux rien voir, il fait nuit depuis longtemps, tu sais ?

— …

— Pourquoi tu n'es pas venue durant la journée ?

— …

— Tu es d'ici ?

— Hé, oh, t'es de la police ou quoi ?

— C'est fou comme tu sais te montrer agréable, arrête, c'est trop pour moi, je suis sous le charme, dit Joseph d'un air plus que lassé par l'attitude de la fille.

— Tu t'es vu, toi, habillé en princesse? T'as bouffé la plaquette de pilules de ta meuf ou quoi?

— Tu vois, depuis tout à l'heure, j'hésite entre te sauver, te laisser dans ta merde ou te foutre une raclée, petite merdeuse!

Bien dit, mon Joseph, dis-je en faisant un bras d'honneur distingué en direction de la fille! Comme une enfant, à court de réponse, elle n'a rien trouvé de mieux que de lui tirer la langue. Chacun contemple alors la noirceur de la nuit par-dessus les toits de la ville. Un peu plus bas, la fête bat son plein aux terrasses des cafés de la place Jean-Jaurès.

— C'est la première fois que je mets les pieds dans cette ville, des potes m'ont invitée. J'habite Paris, consent-elle enfin à dévoiler.

— Tu vois c'était pas si compliqué.

— Et toi?

— Je suis d'ici. Enfin, je vis à Paris, mais j'ai vécu longtemps tout près, au bord de l'eau avec mes parents… Dans une autre vie, ironise-t-il.

— Un appart au bord de l'eau, c'est cool, ça!

— Non, une maison.

— T'es pété de thunes, alors?

— Ouais, c'est ça, pété de thunes…, dit-il tristement.

— Et qu'est-ce qui t'a amené sur ce toit?

— Là, c'est toi qui deviens indiscrète.

— Ah, on apprécie moins tout à coup d'être cuisiné à son tour, hein?

La fille jette le mégot tiède. Le reste de cigarette incandescent disparaît dans le vide.

— Hé, vous, là-haut, arrêtez de lancer vos saloperies sur mon balcon je vais appeler la police, ça suffit ! Vous n'avez rien à faire sur le toit, vous faites un boucan d'enfer !

La cigarette n'a visiblement pas fini sa course sur le trottoir. Elle s'est arrêtée dans la chevelure d'un voisin venu chercher de la fraîcheur sur son balcon du dessous.

— Ta gueule, toi, en bas. Tu vois pas que c'est la fête aujourd'hui ? Va baiser maman, ça te fera le plus grand bien au lieu de nous emmerder, vocifère la fille en crachant dans sa direction.

Profitant de cette diversion, Joseph s'est rapproché d'elle. Elle s'est levée, légèrement penchée en avant, en équilibre sur le rebord de la cheminée, pour mieux apercevoir l'homme un étage plus bas. Joseph saisit alors le bas de sa chemise et tire un coup sec dans l'espoir de l'attirer vers lui. La fille résiste, il insiste, la chemise cède, faisant disparaître la fille à demi nue derrière le conduit de la cheminée.

Le cri aigu de la jeune femme fait lever vers les toits le visage des passants. La police sera bientôt là, et Joseph sans doute arrêté pour avoir poussé cette inconnue dans le vide.

Quatorze ans
(Le courage)

27

10 avril 2006

Joseph et Oscar relèvent leur tablette, rangent rapidement leur console de jeux et rattachent à présent leur ceinture. L'avion amorce sa descente vers l'aéroport de Fréjorgues, il entame un virage sur la gauche, poussant les enfants à regarder à l'extérieur de l'habitacle. Par le hublot, Oscar et Joseph aperçoivent l'eau bleu azur de la Méditerranée, les Optimist en file indienne et les premières paillotes de la saison enfin ouvertes. Tiens, Joseph et Oscar ont même pu localiser la maison de la plage, les planches à voile sont posées sur la terrasse. Le spectacle est encore plus beau vu d'en haut. L'Airbus A380 vire à droite, puis à gauche, pour enfin s'aligner avec la piste d'atterrissage. Plus que quelques mètres et l'appareil sera posé. Une dernière ligne droite au ras de la surface de l'étang de l'Or donne l'illusion de pouvoir toucher du doigt les aigrettes et les flamants roses, impassibles devant le ballet incessant des avions au-dessus de leurs têtes. Tradition oblige, Joseph et les autres adolescents de sa classe applaudissent le pilote pour son atterrissage parfait. L'ambiance habituellement feutrée des cabines ressemble davantage, cette fois-ci, à celle des trajets en bus scolaire. Joseph et sa classe rentrent d'un voyage en Espagne. Quinze jours passés au soleil, officiellement pour apprendre la langue espagnole en immersion dans des familles locales. Pour Joseph, c'était aussi l'occasion de vivre pour la première fois loin de sa famille. L'équipage paraît délivré. Les autres passagers soulagés. À peine l'avion stoppé sur le tarmac, les élèves font sauter bruyamment la boucle de métal de leur ceinture de sécurité, ouvrent sans ménagement les coffres à bagages puis récupèrent leur sac à dos. Oscar est déjà en train de fouiller minutieusement à l'intérieur du sien.

— C'est pas le moment d'ouvrir tes affaires, Oscar, lui lance Joseph, le sac à dos déjà sur les épaules.

Appuyée sur le dossier de la rangée suivante, je ne peux m'empêcher de dévisager mon fils. Tu es encore plus beau qu'avant ton départ ! Tu n'aurais pas fait une poussée de croissance ces derniers jours, toi ? À vue d'œil, tu dois bien faire un mètre soixante-dix. C'est grand pour presque quatorze ans. Par contre, je te trouve un peu maigrichon. N'as-tu pas aimé la paëlla et les churros en Espagne ? Tu as vraiment besoin de te remplumer. À côté de toi, Oscar, qui n'a pas encore fait sa puberté, a gardé ses rondeurs d'enfant. Je le soupçonne d'avoir mangé ta portion de paëlla, d'ailleurs. Tes cheveux sont plus longs et moins disciplinés qu'avant. Cela te donne une allure de surfeur. C'est joli. En revanche, des boutons ont élu domicile sur ton front et des points noirs se nichent autour de ton nez. J'espère que papa et Filipa penseront à t'emmener chez le dermatologue sans tarder ! Tiens, c'est nouveau aussi, ce tic ! Tu ne cesses de passer ta langue sur ton appareil dentaire. Je vois bien que cela te complexe. D'un coup sec de la nuque, tu renvoies régulièrement ta frange en arrière. Tu fronces les sourcils sans raison, comme si quelque chose t'agaçait. Aurais-tu senti ma présence ? En tout cas, je suis contente de te retrouver. Tu m'as manqué. Quelle déception lorsque j'ai compris que je ne pourrais pas entreprendre ce voyage avec toi ! Je n'ai toujours pas saisi pourquoi un champ magnétique m'interdisait de dépasser les frontières. J'étais tranquillement installée au fond de l'avion, j'admirais les nuages depuis mon hublot tandis que tu étais installé avec tes camarades quelques rangées plus haut. Au moment de passer la chaîne des Pyrénées, je me suis sentie aspirée vers le haut par l'extrémité de mon crâne. Une force surnaturelle me tirait par les cheveux pour me ramener sur le sable de Carnon, entre les cannes des pêcheurs et les joggeurs matinaux. J'aimerais bien que quelqu'un m'explique comment ça se passe de l'autre côté du monde des vivants parce que de telles pratiques, ça déstabilise un peu sur le coup. Je n'ai toujours vu personne. S'il faut des papiers « d'entité » pour voyager, qu'on me le dise !

— Désarmement des toboggans, mise en place de la passerelle.

L'hôtesse déverrouille la porte pour délivrer enfin le troupeau d'adolescents surexcités. Dans quelques minutes, ils pourront raconter à leur famille leur inoubliable séjour à Séville avec leur classe.

Joseph, dans le couloir encombré de l'avion, ferme les yeux. Il sourit. Est-il content à l'idée de retrouver son père, Filipa et Louise ? Ou bien savoure-t-il ses derniers instants de liberté avant d'être happé par les siens ?

Toujours aussi impatients, les collégiens rejoignent le hall de livraison des bagages. Les filles gloussent comme des gallinacées. Les garçons préfèrent se remémorer leurs premiers baisers, échangés avec leurs correspondantes espagnoles.

Assise sur une valise posée sur le tapis des livraisons, je me rapproche, au gré du mouvement mécanique, de Joseph et d'Oscar qui attendent mollement leurs bagages. En passant tout près d'eux, j'entends la voix en pleine mue d'Oscar qui s'adresse à Joseph.

— J'ai un cadeau pour Louise.

— Comment ça, un cadeau ?

— Oui, pour Louise… Je lui rapporte un cadeau d'Espagne.

— En quel honneur ?

— En l'honneur du fait qu'elle me plaît, dit Oscar d'un air niais.

— N'importe quoi ! répond Joseph l'air contrarié. C'est Louise… Louise c'est pas une meuf.

— Je le lui offrirai dès que je la verrai, poursuit fièrement Oscar.

Mon Joseph pâlit, son visage se ferme. Les valises maintenant récupérées, les enfants se dirigent en groupe vers le sas donnant accès au hall d'arrivée de l'aéroport. Les deux portes aux vitres en verre dépoli s'entrouvrent, laissant apparaître les silhouettes des parents fébriles venus récupérer leur progéniture.

Joseph aperçoit Raphaël. Il s'approche de son père d'un pas nonchalant. Sa course lente pourrait laisser croire qu'il redoute ces retrouvailles. Mais il n'en est rien. Depuis ma disparition, Joseph et Raphaël ont su tisser des liens père-fils très forts. Raphaël a enfin trouvé sa place de papa, ne ratant pas une occasion de partager un moment avec son fils. J'étais avec eux lorsqu'ils ont pris le temps de marcher en équilibre sur un tronc d'arbre coupé, de repérer de drôles de formes dans les nuages. Un jour, ils ont même couru après une poule juste pour le plaisir gratuit de l'effrayer. Pauvre bête ! Peu à peu, les expériences naïves ont laissé place à des jeux plus intenses. Je me souviens de leur premier match de foot (mon Dieu, ils sont aussi doués l'un que l'autre crampons aux pieds !) et du jour où ils ont décidé sur un coup de tête de partir en randonnée à cheval tous les deux en Camargue (ils avaient vu *Danse avec les loups* à la télé). Aujourd'hui, Joseph est plus grand et ses désirs moins enfantins. Cet été, ils iront voir ensemble Eminem en concert au Zénith de Montpellier.

La pudeur de la puberté a visiblement fait son apparition ces dernières semaines. À bientôt quatorze ans, on ne se jette plus comme un bébé dans les bras de son papa. Même si on continue à l'aimer très fort. Un check remplace la tendre accolade.

Oscar, moins mature que Joseph, préfère des retrouvailles plus démonstratives avec ses géniteurs. Il n'hésite pas à se jeter littéralement au cou de sa mère, ignorant les moqueries des autres enfants moins spontanés. L'effusion d'amour d'Oscar pour sa mère n'a pas échappé à Joseph. Mon fils est triste, baisse les yeux, rougit un peu. La cicatrice de ma mort est encore à vif. Trois ans, c'est court pour guérir de l'absence.

— On rentre à la maison? propose soudainement Raphaël, qui a senti le trouble s'installer chez Joseph. Filipa et Louise nous attendent.

Joseph acquiesce d'un signe de la tête et suit son père jusqu'au parking aérien où la voiture est garée. De loin, Joseph distingue une silhouette au volant. Les lignes sombres et floues des premières minutes se font plus nettes au fur et à mesure de leur marche. C'est Ambre. Même si Joseph ressent un petit pincement au cœur (je le vois à sa moue) en la voyant conduire mon Alfa Romeo, il ne semble plus ressentir d'animosité envers elle. Son regard est franc et lumineux lorsqu'il lui dit bonjour. Ses bras chaleureux l'enlacent au niveau du cou tout en l'embrassant. Je sens que Raphaël a su lui expliquer que rien ni personne ne me remplacerait, qu'aucune femme ne prendrait ma place. Papa a simplement le droit d'être heureux à nouveau. La cohabitation se passe si bien qu'Ambre a emménagé avec eux, il y a six mois. La chambre d'amis est désormais transformée en nouvelle chambre parentale. Après le drame, la vie est enfin revenue dans la villa si chère à mon cœur.

— Alors, c'était bien, Séville ? lui demande Ambre tout en conduisant.

— Oui, très sympa, Ambre.

— Qu'est-ce que tu as préféré ?

— Hein..., répond Joseph, absorbé par l'écran de son téléphone portable.

— Qu'est-ce qui t'a plu ? réitère-t-elle en appuyant volontairement sur le début de chaque mot.

— Super !

— Et si je te dis que tu ressembles à un cornichon ? s'amuse-t-elle.

C'est le jeu préféré d'Ambre et de Raphaël, en ce moment : profiter des moments où Joseph semble dans la lune pour lui faire dire n'importe quoi.

— Si tu veux.

— Plutôt à un poulpe qui aurait trop pris le soleil.

— Tout à fait d'accord avec toi, Ambre, répond machinalement Joseph.

La voiture à peine arrêtée sur le gravier de l'allée, Joseph s'extirpe de l'habitacle pour rejoindre la maison. Il ouvre brusquement la porte. L'odeur du bon pain perdu préparé par Filipa, la chanson de Jenifer *Au soleil* venant de la chambre de Louise et les aboiements d'Hubert suffisent à Joseph pour reprendre ses marques. Il a hâte de retrouver Louise, qui n'a pas pu partir en voyage à cause d'une angine carabinée la veille du départ.

— Mais qu'est-ce que tu fais, Hubert, tu délires ? s'exclame Joseph lorsqu'il aperçoit le chien laisser pendre stupidement sa langue dans le vide.

Hubert n'est pas gâteux. Il vient de me donner quatre coups de langue sur les mollets en guise de marque d'affection : ce ratier a un don de médium !

Joseph est sur le point d'atteindre le haut de l'escalier. Les petits pas impatients de l'adolescente viennent à sa rencontre. Louise est devenue une vraie jeune fille. Elle a troqué ses longues tresses contre un carré plongeant. Cette nouvelle coiffure lui a volé son air ingénu, mais la rend irrésistiblement féminine. Comme ils sont jolis, tous les deux, maladroitement plantés l'un devant l'autre. Au lieu de s'embrasser, les deux adolescents se fixent, bouche bée, les joues rosies de toute évidence par l'émotion. Pas de bisou, donc. Joseph s'acquitte d'un bref « salut » (sortant avec difficulté du fond de sa gorge) avant de filer dans la chambre de Louise en lui demandant « pourquoi elle écoute cette daube ».

— Hé, Joseph ! Et moi, tu m'as oubliée ou quoi ? s'indigne Filipa en bas de l'escalier.

Joseph redescend, et enlace chaleureusement sa gouvernante bien aimée.

— Ma maman number two ! lui glisse-t-il à l'oreille.

Les yeux fermés, le visage de Joseph enfoui dans le cou chaud et doux de Filipa, ils savourent ce moment. Ce n'est pas perceptible à l'œil nu, mais une douce chaleur semble émaner de leurs deux corps. Les lentes pressions des doigts de Joseph sur les bras rebondis de Filipa, la profondeur de leur souffle, le bercement de leurs bustes mêlés inondent de bienveillance le hall d'entrée.

Entre deux câlins, Joseph ouvre un œil. Il aperçoit, posé sur la console, un courrier soigneusement plié en trois. En ajustant sa vision, il distingue le tampon de son collège. Il interrompt la minute des retrouvailles pour se saisir de la lettre.

— Ton bulletin est arrivé durant ton absence, je ne comptais pas t'en parler dès ton arrivée mais puisque tu l'as vu, allons-y… Tu peux nous expliquer ces résultats lamentables ? demande Raphaël.

L'ambiance s'est sensiblement refroidie d'un coup. Louise et Filipa, sentant le vent tourner, filent à la cuisine. Joseph rougit, bafouille, baisse la tête vers le relevé de notes, mais aucune explication plausible ne sort de sa bouche.

— Je vais t'expliquer, papa…

— Deux sur vingt de moyenne en maths, c'est difficilement explicable.

— T'inquiète, je gère, papa.

— T'as rien foutu, la voilà l'explication !

— C'est pas ça, papa… C'étaient des interros surprises, j'avais prêté mes cahiers à…

— Arrête de me prendre pour un imbécile, Joseph !

— Laisse-le s'expliquer, Raphaël, s'interpose Ambre, contrariée par la tournure que prennent les événements un jour de retrouvailles.

Inquiète et impuissante, je tourne en rond au niveau du plafond en poussant quelques petits cris plaintifs. Je suis d'accord avec ton père, tu n'as rien foutu. T'es amoureux ou quoi ?

Joseph suffoque, respire fort, sa frange est mouillée, son visage tout rouge. Les deux voix d'adultes submergent l'adolescent, à présent à la limite du malaise.

— Stop, vous deux stop, j'en peux plus ! finit-il par hurler. Tu parles d'un accueil !

En larmes, Joseph s'enfuit dans le couloir. Dans un tourbillon, je m'envole pour le rejoindre. Je ne le trouve pas. Au moment de quitter la chambre de Joseph, j'aperçois la queue frétillante d'Hubert qui dépasse de sous le lit. Je me glisse sous le meuble et retrouve l'animal en train de consoler son petit maître qui pleure à chaudes larmes. Joseph, la joue posée contre le sol, regarde dans les yeux son fidèle compagnon en le caressant tendrement.

— J'en peux plus, lui chuchote-t-il. Ces adultes ne comprennent rien. Papa ne me croira jamais si je lui dis la vérité.

Le chien rapproche ses petites pattes comme pour mieux écouter la suite des confidences.

— Je déteste les maths et je déteste le prof de maths, c'est ça la vérité !

L'enfant marque une courte pause pour renifler, puis reprend :

— Tu sais comment il m'appelle, le prof de maths ?

Hubert se met à grogner tout en inclinant sa tête.

— « Dents d'acier » ! Tout ça parce que je porte un appareil dentaire ! Et lorsqu'il veut m'humilier encore plus, il m'interroge en me faisant venir au tableau. Il sait que je n'ai jamais la réponse à ses questions à la con. Plus je dis d'âneries, et plus il continue à me traiter de « dents d'acier » ! Si tu savais comme j'ai honte, Hubert. Je ne peux pas en parler à mon père. Il me prendrait pour un minable.

Je suis verte de rage. De colère, je bondis de sous le lit, manquant de renverser la carafe de jus de fruit posée sur la table de nuit de Joseph. Le liquide se met à vibrer à l'intérieur du récipient.

Hubert, intrigué par le bruit, est sorti de sa cachette. Il fixe à présent la bouteille. Attiré par les trépignements du chien, Joseph observe les vibrations en finissant de se sécher les yeux avec le revers de sa manche. Alertée par les aboiements insistants du chien, Louise s'invite dans la chambre.

— Ça va, Joseph ? Ton père ne t'a pas trop pourri ?

— T'inquiète, dit-il penaud.

— Pourquoi vous fixez cette carafe, tous les deux ?

— Le liquide bouge.

— Oui, et alors ?

— Tout seul, Louise, précise Joseph.

— Tu as entendu parler des zones sismiques ? C'est très fréquent, et absolument sans danger par ici.

— Mouais… T'as peut-être raison…, dit Joseph en se grattant la nuque.

Une sonnerie retentit sur le portable de Louise.

— Tiens, Oscar veut me voir, dit-elle étonnée.

— Comment ça « te voir » ? demande Joseph, inquiet.

— « Rendez-vous en ville dans une heure », précise-t-elle en finissant de lire le message d'Oscar.

Joseph le sait. Dans moins d'une heure, Oscar lui aura donné son cadeau et avoué qu'il est raide dingue d'elle.

— Attends-moi, je viens avec toi !

28

Les trois adolescents remontent la rue de l'Aiguillerie. Ils sont bruyants et insouciants comme on peut l'être à quatorze ans. La jupe en liberty de Louise vole au vent. Encadrée par ses deux gardes du corps, Oscar et Joseph, elle semble comblée de bonheur. Elle sourit, éclate de rire pour un rien, taquine Oscar sur la couleur de ses chaussures, passe la main furtivement dans son épaisse chevelure, le tire en arrière par le bas de son blouson en jean. Avec sa délicatesse légendaire, Oscar lui donne sans raison une claque sur la joue. Surprise par le geste, Louise lui court après pour lui retourner à son tour une baffe de compétition. Écartelés entre deux âges, leurs corps presque adultes et leurs âmes terriblement enfantines, les deux adolescents ne se doutent pas qu'ils sont en train de se livrer à une véritable parade amoureuse, dans la plus grande des maladresses.

Joseph semble contrarié par leur jeu de séduction qu'il juge « débile ». Tout prétexte est le bienvenu pour tenter de stopper leur rapprochement.

— Hé, Louise, tu veux un Coca ? propose-t-il en passant devant une buvette.

— Non merci.

— Une crêpe, alors ?

— Non plus.

— Un pain au chocolat ?

— Je veux rien manger, Joseph !

Voyant sa proie s'éloigner, Joseph tente alors d'intercepter Oscar, habituellement plus enclin à se laisser influencer.

— Et si on se faisait faire un tatouage ? Regarde, la boutique est ouverte.

— On ne nous laissera jamais entrer, Joseph, je te rappelle qu'on a quatorze ans, réplique Oscar happé par les jeux de l'amour.

— On va dans la boutique de mangas, alors ?

— Fous-nous un peu la paix, Joseph ! finit par lancer Oscar, toujours en train de taquiner son amoureuse.

Marchant derrière les deux tourtereaux, les mains dans les poches de son bermuda, tête baissée, mon Joseph calme sa déception en shootant dans les canettes vides oubliées dans la rue.

Mon petit Joseph est amoureux, mais il ne le sait pas encore ! Il ne doit rien comprendre au trouble qui l'envahit. Toutes ces émotions nouvelles qui se déchaînent en lui, ça doit être effrayant.

Dans une dernière tentative pour empêcher le couple de se former, il bouscule Oscar en prétextant un faux pas malencontreux. Il envoie alors balader Oscar et son sac à dos contre la façade de pierre d'un immeuble de l'étroite ruelle. Sous le poids d'Oscar, pris en sandwich entre le corps du garçon et le mur, le sac cède à la pression.

— C'est malin, regarde l'état de mon sac, râle Oscar en fouillant à l'intérieur.

— Je suis désolé, tout doit être cassé, hein ? compatit faussement Joseph.

Oscar relève la tête en souriant malgré le coup de traître que Joseph vient de lui asséner. Mon Dieu, qu'il a l'air niais !

— Eh merde !

— Qu'est-ce que tu transportes ? demande Louise.

— Laisse… pas maintenant.

Pour calmer les esprits échauffés, Joseph aide son ami à refermer son sac, puis propose d'aller boire un verre au centre commercial tout proche. Les trois adolescents arrivent sur la place Jean-Jaurès noire de monde, redescendent la rue commerçante de la Loge puis traversent la place de la Comédie pour enfin atteindre leur destination. Direction le dernier étage, pour admirer la vue depuis le petit café. Dans quelques minutes, Oscar fera sa déclaration à Louise.

— Passons par les Gal Fa, improvise Joseph.

— Mais c'est plus long si on coupe par les galeries.

— J'ai envie de traîner un peu. Et puis arrêtez de vous tripoter, on va nous foutre dehors !

Lassé, Joseph laisse ses pas le conduire au hasard dans les allées du grand magasin chic et mondain. Je me mets à flâner moi aussi, comme au bon vieux temps, dans les allées du luxueux magasin. Je prends le temps d'essayer des chaussures en exposition, renifle le cuir d'un sac à main, me glisse dans une robe présentée sur un mannequin de couture.

— Hé, toi là-bas !

Une voix masculine puissante interrompt ma séance de shopping. Des clients regardent avec insistance vers le rayon de bijoux fantaisie du magasin. Pourquoi cet homme tient-il fermement mon fils par le bras ?

— Sors l'objet de ta poche, répète l'armoire à glace à Joseph.

— Non !

— Fais pas l'idiot, montre ce que tu as volé et tout se passera bien.

— J'ai rien carotté, répète Joseph devant les badauds.

— Suis-moi !

Joseph et le vigile disparaissent dans les allées. Oscar et Louise, soupçonnés d'être complices, sont embarqués dans la foulée. Je suis terrorisée pour Joseph, mais aussi profondément vexée par son geste. Chiper dans les magasins, ce n'est pas comme ça qu'on l'a élevé, son père et moi !

Dans l'arrière-boutique, Joseph doit donner des explications plus sérieuses au vigile.

— Je te le répète : sors de ta poche l'objet que tu y as glissé.

— Non !

— Pourquoi ?

— Je ne veux pas aller en prison.

— Tu n'iras pas si tu coopères.

— N'appelez pas mon père, m'sieur.

— Alors, fais ce que je te dis.

Sous le regard de ses deux amis, Joseph consent à sortir l'objet dissimulé dans la poche de son bermuda. Il en retire un bracelet en argent orné d'un cœur. Le vigile sourit.

— C'est joli.

— Heu... merci, se risque à dire Joseph.

— C'est pour qui ?

— ...

— Ta mère ?

— Elle est morte.

— Ta copine ?

— ...

— Tas une meuf, Joseph ? dit Oscar. C'est qui ?

Oscar aurait dû s'abstenir de se faire remarquer.

— Vous deux, vous êtes ses complices. Vous agissez en équipe, c'est ça ? Vous avez sûrement piqué quelque chose de votre côté... Allez, videz vos poches, ou c'est moi qui vous baisse vos frocs !

J'ai peur pour eux. Dans un mouvement instinctif de solidarité, je serre ma blouse blanche contre mes cuisses.

— Mais non, on n'a rien volé, nous ! affirment les deux adolescents.

Leur cri du cœur et leurs yeux apeurés suffisent à convaincre le vigile. La fouille n'ira pas plus loin. Un appel vient d'arriver sur le talkie-walkie de l'armoire à glace qui demande aux enfants d'attendre quelques minutes dans la remise servant de poste de contrôle.

Assis tous les trois sur le même banc, les quelques minutes d'attente leur paraissent des heures. À quelle sauce seront-ils bientôt mangés ? Vont-ils voir arriver la police, direction le panier à salade ? Ou bien leurs parents prêts à payer pour étouffer le scandale ?

— Ça craint pour nous, cette histoire, finit par dire Louise.

— Tu nous as foutus dans la merde, Joseph. Qu'est-ce qui t'a pris, t'es débile ou quoi ? renchérit Oscar.

— Ta gueule !

— Arrêtez, les garçons, c'est pas le moment de se faire remarquer !

Toutes ces émotions ont rempli la vessie d'Oscar, qui commence à s'agiter sérieusement sur le banc. Bravant l'interdiction du vigile, il sort de la pièce à pas feutrés à la recherche de toilettes. Quelques instants, Joseph et Louise se retrouvent seuls.

— Il est fou, il va se faire défoncer par le mec, s'inquiète Louise.

Les deux adolescents laissent pendre leurs jambes sous le banc en silence. Relèvent de temps en temps le regard l'un vers l'autre, se sourient, mais n'arrivent pas à franchir la barrière de la parole. Mais qu'est-ce qu'ils attendent pour rompre la glace, ils se connaissent depuis si longtemps ! Cela devrait être facile d'avouer leurs sentiments !

Je suis un peu gênée d'assister à ce moment complice. J'opte pour leur laisser un peu d'intimité en me tournant vers le mur. Debout, dans un angle, au piquet, pour passer le temps, je gratte machinalement d'un ongle la peinture écaillée du mur. Je jette de temps à autre un coup d'œil discret vers les deux adolescents.

Louise se met à fixer l'objet dérobé par Joseph. Le vigile l'a posé sur la table sans penser à le mettre en sécurité.

— Il est joli, ton bracelet.

— Merci.

— Elle a de la chance, celle pour qui tu l'as volé.

— Laisse tomber, c'est une conne, elle ne comprend rien de toute manière.

Louise est vexée. Oscar, la vessie soulagée, interrompt la conversation en refermant doucement la porte derrière lui. D'un air malicieux, il sort de son sac le cadeau rapporté d'Espagne en l'honneur de Louise.

— Tu crois que c'est vraiment le moment, là, Oscar? dit Joseph en tentant une dernière fois d'empêcher l'inévitable. Mais Oscar, pris dans son élan, n'entend rien.

— C'est pour toi! dit Oscar l'air intimidé en tendant le paquet-cadeau froissé à Louise.

Louise l'ouvre délicatement. Rien ne semble endommagé à l'intérieur. Elle y découvre un objet typique des boutiques des aéroports pour les voyageurs pressés. L'objet bon marché n'est autre qu'un magnet kitsch en forme de cœur.

— Plus kitsch, tu meurs, se moque Joseph soudain rassuré.

Louise ne sait pas quoi répondre à Oscar. Elle rougit tout autant que lui, continuant de tenir du bout des doigts l'objet insolite. Va-t-elle oser lui avouer qu'il s'agit d'une sombre horreur?

— C'est totalement nul, bouffon, explose Joseph, savourant la défaite de son copain.

Quittant des yeux ses amis quelques instants, sentant qu'il reprend en main la partie, Joseph se lève et saisit l'objet volé posé sur la table.

— Ça ne vaut pas mon…, dit-il en se retournant vers Louise.

Le bracelet lui tombe des mains. Le présent d'amour va s'écraser lentement sur le carrelage usé de l'arrière-boutique. J'accompagne sa chute interminable vers le sol. Oscar vient d'embrasser Louise.

29

21 juin 2006

Sous la montagne de cadeaux entassés dans la chambre, on peine à apercevoir Joseph. À demi assoupi sur son lit en cette fin d'après-midi, l'adolescent semble épuisé. Il a retiré ses Converse et abandonné ses socquettes blanches sur le tapis de sa chambre. C'était une jolie journée. Célébrer ses quatorze ans sur un circuit de karting était une bonne idée. Le temps de quelques heures, Joseph a été l'idole de ses copains, surexcités à l'idée de faire quelques tours de bolide. Filipa appellera toute la maison dans quelques minutes pour dîner. Joseph s'est endormi. Je le sens apaisé. Cette année, il n'a pas évoqué mon nom, ni même versé la moindre larme. Je crois que la première mission a fonctionné. Joseph ne lutte plus contre l'inéluctable. Il a accepté ma disparition.

Pour ses quatorze ans, son père avait fait les choses en grand en privatisant le circuit de karting. Il avait même loué les services d'un traiteur pour régaler tous les enfants après leur compétition automobile. Rien n'est trop beau aux yeux de Raphaël pour faire plaisir à son fils. Parfois, il est pire que moi, dans le genre papa poule !

Seule ombre au tableau : Louise et Oscar... Total « *in love* » depuis l'épisode des Galeries Lafayette (jour funèbre où Joseph a aussi dû rembourser sur-le-champ le bracelet dérobé s'il ne voulait pas être dénoncé à son père par le vigile). Ils semblaient toute la journée étrangement soudés l'un à l'autre par les lèvres. Je ne sais pas si cette amourette est sincère. J'ai l'impression que Louise s'est jetée dans les bras d'Oscar sans raison valable. Elle dégage souvent sa main lorsque Oscar veut la tenir, c'est toujours lui qui cherche désespérément sa bouche pour y coller un baiser. Il est vraiment accro ! Trop préoccupés à flirter, ils ont à peine profité des animations de la journée. J'ai bien vu que leurs démonstrations impudiques mettaient mal à l'aise mon Jo. Il était nerveux, envoyait balader certains de ses amis de manière incompréhensible, ratait ses virages durant la course, et il n'a pas jeté un seul regard à cette belle brune qui le suivait partout. J'étais prête à tout, aujourd'hui, pour enlever cette douleur de sa petite poitrine. Il a suffi d'un seul ordre envoyé à mon chien clairvoyant pour semer la zizanie ! En entendant ma voix prononcer son nom, et en voyant mon doigt se diriger avec autorité vers le petit couple d'amoureux, Hubert a foncé droit sur eux. Ensuite, cela a été un enchaînement de catastrophes. Ses pattes ont renversé le verre de Coca que tenait Oscar, le liquide du verre trop incliné est tombé sur le tee-shirt blanc de Louise, laissant entrevoir sa poitrine naissante.

Panique. Elle s'est reculée comme par réflexe, n'a pas vu le casque de pilote posé par terre juste derrière elle, et est tombée les quatre fers en l'air. Sa jupe, déjà très courte, en a profité pour remonter un peu plus sur ses hanches, dévoilant alors sa culotte Petit Bateau.

Oscar s'est excusé, mais le mal était fait. Les autres ont rigolé, Louise était rouge de honte. Effet réussi ! Hubert les a ensuite collés toute la journée, prêt à créer de nouveaux dégâts au moindre signe de rapprochement. Autant dire que ce n'était pas la joie pour Oscar, qui n'a plus reçu aucun baiser de la part de son amoureuse, mais a eu droit à quelques coups de langue furtifs d'Hubert en échange.

Raphaël et Ambre. Oscar et Louise… Si tout le monde tombe amoureux, mais où va-t-on ? J'imagine que tous ces couples qui se forment autour de mon Jo perturbent son équilibre. Ce serait le pompon si Filipa se trouvait un béguin !

Allez, Joseph, ne sois pas triste plus qu'il ne faut. Tu en trouveras d'autres, des filles. Des Louise, il y en a à la pelle !

Cette année, Fred est venu remettre la lettre d'anniversaire en main propre à Joseph. Cela me fait plaisir, même s'il ne s'est pas attardé. Juste le temps de lui déposer discrètement le message entre deux tours de piste de kart.

Ce soir, elle est là, posée sur la couette de Joseph, tout près de lui. L'enveloppe est encore lisse, à peine jaunie par le temps, comme si elle n'avait pas traversé ces dernières années. Joseph la regarde avec attention, son visage appliqué à quelques centimètres d'elle. Il vient d'ouvrir les yeux, il ose à peine l'effleurer. Il en suit délicatement le contour avec son index. Il sait que mes doigts ont touché le papier au moment de l'écrire. Il ferme les yeux, rapproche son nez du pli, puis le hume à la recherche de mon odeur.

Je voudrais tant te serrer dans mes bras moi aussi, sentir l'épaisseur de ton corps, entendre battre ton cœur dans ta poitrine. Ouvre la lettre, mon amour, j'ai tant de choses à t'apprendre et à te transmettre. La mission suivante va te renforcer !

Épuisé par sa journée d'anniversaire et tant d'émotions, Joseph s'endort la joue collée sur mon message avant même d'avoir pu le lire.

30

22 juin 2006

La voiture avec chauffeur roule à vive allure entre les étangs, en direction du centre-ville de Montpellier. Assise à côté de Joseph, sous les à-coups de la conduite sportive du chauffeur, je commence à avoir la nausée. Dans quelques instants, Joseph sera déposé devant les grilles du collège. Ce matin, exceptionnellement, Louise ne fait pas partie du convoi scolaire. Elle part dans l'après-midi avec Filipa pour un mois en Argentine, le temps des vacances d'été. Comme chaque année, Pedro et Maya, ses grands-parents, les attendent au pays. Sur le pas de la porte, malgré l'éloignement qu'ils s'apprêtent à vivre les prochaines semaines, les enfants se sont à peine regardés. Une violente dispute a éclaté entre eux, ce matin, sans raison apparente. Personne n'a compris. Sauf moi, puisque j'ai tout entendu. Elle lui reprochait d'être méchant et distant ces derniers temps. Lui, disait qu'il en avait marre de la voir dans cette baraque, qu'elle bouffait tout son oxygène, qu'elle n'avait qu'à aller vivre chez Oscar puisque c'était « son keum », à présent. Elle l'a traité de jaloux, lui de pouffe hideuse. Ils se sont juré de ne plus se parler de toute leur vie. Les portes des chambres ont claqué. Puis plus rien. Dans un mois, au retour de Louise, le temps aura apaisé toutes les rancœurs, tout sera oublié et les enfants pourront profiter ensemble du mois d'août à la maison de la plage. Les jeux sur le sable, le beach-volley, les planches à voile... Dans l'habitacle de la voiture, Joseph trouve enfin un instant de calme pour jeter un coup d'œil au contenu de la lettre. Après, ce ne sera plus possible. Il y a aura les copains du collège, les professeurs, les sonneries, les changements de classe à la hâte, la cantine... Seul mon regard intrusif et celui du chauffeur dans le rétroviseur accompagnent sa lecture.

Bonjour mon Jo. Comment vas-tu ? Tu ne peux pas savoir comme je suis heureuse de pouvoir te parler à nouveau aujourd'hui. J'espère que ces quelques mots te feront autant de bien aujourd'hui qu'ils m'en font au moment où je les écris. Ils me donnent le sentiment de pouvoir t'accompagner. Tu dois être un beau jeune homme à présent. J'espère que tes premières années au collège se sont bien déroulées et que tu t'es fait plein d'amis. Je vais être à tes côtés pendant quelques jours, le temps de cette nouvelle mission. Acceptes-tu de jouer le jeu encore une fois, mon Jo ?

Je voudrais te parler du « courage », car il est important d'en faire preuve lorsqu'on devient adulte. Mais je sais qu'à quatorze ans, la confiance en soi est encore fragile. Le regard des autres, et celui des filles en particulier, le corps qui change, ces boutons d'acné qui poussent d'une minute à l'autre sur le visage, ce flot d'émotions parfois contradictoires qui t'anime : tout cela a de quoi te mettre mal à l'aise et te faire douter de toi. J'ai connu cela aussi, à ton âge.

La bonne nouvelle, c'est qu'avoir confiance en soi, cela s'apprend et s'entretient, mon Joseph. La confiance en soi est une amie importante dans la vie. Elle est le socle d'une belle personnalité. Elle nous permet de nous sentir en accord avec nous-mêmes, pour pouvoir réaliser de grandes choses. Elle nous aide à nous protéger, mais aussi à veiller sur les autres, sur notre famille, nos enfants… Si tu l'entretiens, tu pourras traverser les bonnes et les mauvaises expériences sans te juger trop durement ou te dévaloriser. C'est appréciable, qu'en penses-tu ? En revanche, si tu n'en prends pas soin, elle s'amenuise et disparaît ! Savais-tu qu'il est possible de la cultiver et de la renforcer chaque jour ?

Je te propose de mesurer ton degré de confiance à travers un petit exercice. Tu es prêt, Joseph ?

— Ferme les yeux et visualise l'animal ou le héros qui sommeille en toi.

— Trouve une situation qui te fait peur en ce moment et que tu n'oses pas affronter.

— Essaye de faire face à cette situation en te mettant dans la peau de ton animal fétiche.

Je ne peux pas, de là où je suis, t'accompagner physiquement pour que tu aies moins peur. Je ne peux pas non plus savoir quelle situation tu choisiras d'affronter avec courage. Mais je sais que tu trouveras tout seul, mon Joseph. Une fois accomplie ta mission, je te conseille de te poser quelques minutes dans un endroit calme pour observer ce qui se passe en toi. Ton rythme cardiaque, l'ampleur de ta respiration, les picotements dans certaines parties de ton corps, la chaleur diffuse…

Si tu trouves l'expérience positive pour toi, tu pourras alors endosser la carapace de l'animal qui sommeille en toi chaque fois que tu auras une épreuve difficile à traverser. Crois-moi, petit à petit, tu te sentiras de plus en plus courageux !

Bonne chance, mon Joseph, Ma Vie, prends soin de toi et à bientôt.

Ta maman, qui est tout près de toi.

Joseph replie rapidement la lettre dans l'enveloppe avant de la glisser dans son cartable et de descendre de la voiture. Je vois son sourire soulever ses pommettes et gonfler son plexus. Je le sens plein d'énergie, prêt à affronter sa journée… sa mission dans un coin de la tête.

31

La sonnerie vient de retentir, il est l'heure d'entrer en cours de mathématiques avec M. Maury. Le tyrannique M. Maury, avec ses cheveux gras, ses dents jaunies par le tabac et sa veste élimée aux manches !

Joseph se place au fond de la classe en espérant ne pas être la tête de Turc de la prochaine heure. Pour éviter le pire, les jours de cours de maths, Joseph choisit toujours des vêtements aux tons neutres. Il espère ainsi ne pas se faire remarquer. Aujourd'hui, un jean noir et un tee-shirt bleu marine devraient pouvoir le rendre invisible. En fuyant le regard du professeur, il ouvre son cahier comme les autres élèves, prêt à écouter la leçon du jour.

— Interro orale surprise, annonce d'un air vicieux le professeur, à peine arrivé dans la classe.

Son expression à la fois pincée et réjouie en dit long sur le degré de torture qu'il compte faire endurer à ses élèves dans les cinquante prochaines minutes. Qu'est-ce qui lui prend, de coller une interro à deux jours des vacances ? C'est un vrai sadique, ce type ! J'ai beau être morte, M. Maury me glace le sang. Un froid polaire se glisse sous ma blouse blanche d'hôpital.

Du haut de l'estrade, pour montrer sa suprématie, le professeur pose une fesse sur le rebord de son bureau, ouvre le cahier d'appel, pointe son doigt sur la liste de noms, le déplace comme un curseur de bas en haut pour enfin choisir un nom au hasard. L'attente est un supplice pour toute la classe. Le pervers redresse la tête et balaye l'assemblée du regard. J'entends à chaque rangée les petits estomacs se tordre d'anxiété.

— Vous, au tableau ! tonne le professeur, en montrant Joseph du doigt.

Tout pâle, les yeux baissés, le souffle court, Joseph se lève lourdement de sa chaise, avance comme un condamné à mort se dirigeant vers l'échafaud pour rejoindre l'estrade près du tableau. Je marche à côté de lui, tremblante. Mon regard effectue des va-et-vient nerveux du professeur à Joseph. Mon garçon connaît déjà la sentence et sait qu'il ne peut l'éviter, quoi qu'il fasse ou dise. Le professeur de mathématiques le sait pertinemment. Il va humilier mon fils devant l'assemblée elle aussi terrorisée. Les faibles sont des proies faciles. Avec son appareil dentaire, ses lacunes en mathématiques et la notoriété de sa mère, Joseph est la cible parfaite pour un professeur aigri par la vie.

— Pouvez-vous me réciter le théorème de Pythagore ?

Après une longue hésitation, Joseph commence à balbutier quelques bribes du théorème.

— Longueur des côtés…

— Comment? Je n'ai pas entendu, parlez plus fort, je vous prie! articule exagérément le professeur.

— Hypoténuse… Triangle rectangle… Égal… À la somme…

— Écoutez, je ne comprends rien, comme d'habitude. C'est pourtant simple, monsieur Messina. Si vous aviez appris votre leçon, vous ne seriez pas en train de vous ridiculiser devant vos camarades.

Au fil des remarques cassantes, Joseph pâlit, arrondit le haut de son dos, rentre et sort nerveusement les mains de ses poches. Il tend son cou comme si le tour de force allait lui permettre de trouver enfin la bonne définition dans son œsophage. Le professeur a gagné, Joseph en paraît presque stupide. J'ai envie de prendre mon enfant par les épaules et de le secouer comme lorsqu'on prépare une sauce vinaigrette. Je fais des grands gestes avec ma bouche pour lui souffler une réponse. Quelle frustration qu'il ne puisse pas me voir!

Je n'ai pas le pouvoir de saisir les objets, ni même cette craie posée sur le bureau, pour inscrire au tableau la bonne réponse qui sortirait pourtant Joseph du pétrin. Mais je sais que je peux utiliser mon souffle ou le pouvoir de l'eau. S'il avait plu, j'aurais pu noter le théorème sur la buée des fenêtres; mais c'est un soleil de plomb qui cogne aujourd'hui à l'extérieur du collège. Il n'y a ni condensation ni flaque d'eau pour venir en aide à Joseph.

— Inutile que je vous demande de m'expliquer ce qu'est l'hypoténuse, je suppose…, dit le professeur d'un ton ironique et cassant.

Joseph baisse les yeux, regarde le bout de ses chaussures. Il est anéanti. Le prof vient de l'achever tel un taureau agonisant dans l'arène devant mille spectateurs.

— Expliquez-moi au moins à quoi sert ce théorème, demande une dernière fois le professeur, excédé.

— Il sert... il sert... à voir si un triangle est rectangle ou s'il possède un angle droit.

— Quelque chose sort enfin de votre bouche, monsieur Messina. À la bonne heure ! Et c'est juste, par-dessus le marché ! Bon, allez, retournez à votre place, j'en ai assez entendu de votre part pour aujourd'hui. Vous me donnez mal à la tête, comme toujours.

Honteux, Joseph regagne son pupitre, le dos courbé comme un vieillard. Il ne devrait pas, il vient de donner une bonne réponse. Je sais ce que pense mon garçon. « Ce n'est pas grave, serre les dents, c'est la dernière humiliation de l'année. » Traversant les allées de la classe, il croise quelques regards d'élèves qui n'ont pas le cœur à se moquer.

Je raccompagne mon fils à sa place, en lui caressant les cheveux.

— Vous aurez été nul jusqu'à votre dernier jour dans cet établissement... Dents d'acier...

Les mots du professeur ont l'effet d'une lame de rasoir. Joseph stoppe instantanément sa marche. Les poings serrés, les yeux armés comme des kalachnikovs, il semble imploser sur place. Me tenant tout près de lui, je peux entendre sa colère, une sorte de râle, un tout petit rugissement à peine perceptible.

— Monsieur Messina, quelque chose vous empêche de vous asseoir? tonne le professeur en voyant que l'élève reste debout, toujours de dos.

Joseph se retourne. Sa gestuelle raide lui donne l'apparence d'un humanoïde.

— Ça suffit!

Le professeur, un peu interloqué, sursaute devant l'audace inhabituelle de l'élève.

— C'est moi qui dis quand cela suffit, Dents d'acier, dit-il en appuyant sur les mots.

— Je ne vous autorise pas à m'insulter, monsieur.

— Je fais ce que je veux dans ma classe, jeune homme... Et puis je ne fais que dire la vérité : Dents d'acier!

— Peut-être, mais vous n'avez pas le droit de me rabaisser.

— Très bien, tu l'auras voulu, je te colle un zéro!

— J'en ai rien à battre, c'est la fin de l'année scolaire, les bulletins ont été validés.

Rouge de colère, mais économisant ses gestes pour ne pas trahir son exaspération, le professeur lance une dernière injonction.

— Je vais convoquer tes parents... Ah mais non, ta mère est morte, ajoute-t-il d'un air condescendant.

Joseph pâlit, ses genoux se plient légèrement comme s'il avait pris un uppercut. Ce professeur ne l'emportera pas au paradis! Furieuse, je souffle sur la poussière de craie accumulée sur le rebord du tableau. J'y mets tout mon cœur, je m'y reprends à plusieurs reprises, je sais que je peux y arriver. Un nuage blanc se soulève et vient se poser sur le pantalon noir du professeur, juste dans le pli interfessier. Il a dû sentir quelque chose puisqu'il se met à se gratter nerveusement à cet endroit intime. Quelle mauvaise idée de s'être effleuré le nez juste après. Le voilà recouvert de craie blanche sur le visage et le postérieur ! Je jubile.

Joseph a profité de ce court instant de confusion pour reprendre du poil de la bête (certainement enragée). Mon garçon est loin d'être vaincu.

— Mon père est toujours vivant, lui... Vous êtes disponible quel jour ? Je pense qu'il sera heureux d'apprendre comment vous traitez vos élèves.

Le professeur se met à souffler d'un air désabusé. Mais l'humiliation et la crainte se lisent soudain sur son visage. Un soubresaut involontaire s'empare de sa paupière droite, des plaques rouges apparaissent le long de son cou, la veine de son aorte gorgée d'hémoglobine soulève régulièrement sa peau à chaque coup de sang. Il est cuit ! Mon Joseph, avec son rugissement de lion, l'a dévoré tout cru !

Devant l'ampleur prise par les événements, pour ne pas perdre totalement la face, le professeur préfère capituler le plus discrètement possible.

— Tu me fatigues, tiens !

À défaut de pouvoir claquer sa main sur la joue de Joseph, il referme bruyamment le carnet d'appel, préférant poursuivre le cours comme si de rien n'était. Pour garder son aplomb et sa dignité, le professeur écrit au tableau la formule du théorème de Pythagore. Le bruit strident et nerveux de la craie sur l'ardoise témoigne de son agacement. Tournant le dos aux élèves, il laisse entrevoir à l'assemblée son postérieur blanchi par la poussière de craie. La cocasserie de la scène plonge la classe dans un fou rire contagieux. Excédé, le professeur n'a plus la force de sévir. Joseph regagne sa place, les yeux écarquillés, encore tout étonné par sa victoire. Il s'assoit de manière virile, son regard franc en direction du professeur. Ses joues écarlates et le sourire discret faisant trembler ses commissures sont les seuls témoins de son émotion.

Joseph vient de réussir sa deuxième mission. Il le sait, il le sent au fond de lui. Je vois sa colonne se redresser au fur et à mesure que l'heure s'écoule. Son torse est gonflé, son souffle ample et profond. Joseph est aligné en lui. Et ça se voit. Les filles, les yeux emplis d'étoiles, se retournent sur leur siège et lui sourient bêtement comme si une rock star venait de débarquer en classe. Eminem ou 50 Cent n'auraient pas fait plus d'effet.

Lorsqu'il quitte la salle à la fin du cours, Joseph, dans un dernier élan d'impertinence, passe sa main dans sa crinière tout en frôlant une dernière fois M. Maury. Cherchant à tout prix à masquer son appréhension, le professeur déchu préfère fouiller le fond de sa sacoche à la recherche d'un objet sans doute imaginaire.

Dans les couloirs, la démarche plus fluide que jamais, son sac Eastpak calé sur une épaule, Joseph répond à quelques checks discrets de copains, admiratifs devant la dose de courage dont leur camarade vient de faire preuve.

Joseph a passé une bonne partie des cours suivants à rêver. Durant l'heure de sciences naturelles, assis à sa table, il s'est mis à griffonner avec insistance les dernières pages de son cahier. Après quelques minutes de concentration, une silhouette féminine apparaît. La jeune amazone, dotée de superbes courbes, chevauche un lion flamboyant. À demi-nue, elle le tient par la crinière pour ne pas tomber. Le trait de crayon est vif et précis. Joseph a curieusement doté le roi de la jungle de la parole. Dans une bulle de dialogue, on peut lire les pensées du lion : « Louise, j'te kiffe. »

32

Vous êtes où ? Filipa, réponds-moi ! Dis-moi que vous n'êtes pas encore parties ! écrit fébrilement Joseph sur son portable.

Devant l'absence de réponse, mon fils se met à pleurer, agenouillé dans le sable. Elles doivent être en train d'embarquer dans l'avion. Face à la mer, Joseph cherche à reprendre son souffle. Mais le vent, reçu en pleine face, vient étouffer son angoisse. Sans se relever, il tourne le torse vers la façade de la maison. Aucune ombre ne vient s'animer derrière les baies vitrées restées plongées dans le noir. La maison est sans vie. Plus aucun bruit. Plus aucun mouvement. Elles sont parties pour Buenos Aires.

Sécher le dernier cours de l'après-midi n'a pas permis à Joseph d'arriver à temps pour dire à Louise qu'il ne fallait pas qu'elle sorte avec cet idiot d'Oscar, qu'elle méritait mieux. Qu'il l'aimait.

Joseph reste un long moment allongé à plat ventre sur la plage, rongé par le remords. Puis ses larmes s'assèchent peu à peu, laissant seulement une traînée de sel sur ses joues. Ses mains fouillent machinalement le sol. Désœuvré, tel un sablier, il laisse glisser entre ses doigts les petits grains de sable pâle.

Un mois, c'est long. Un mois sans pouvoir dire à la fille qu'on a dans la peau qu'elle nous plaît, qu'on a été un sacré abruti, qu'on a manqué de courage – mais que maintenant on l'a, ce courage –, c'est terriblement long. Joseph devra attendre le retour de Louise et Filipa. Bienvenue dans le monde des adultes et de leurs émotions stupides, Joseph !

Les vibrations du téléphone enfoui dans la poche de son jean extirpent Joseph de sa mélancolie. Filipa vient de laisser un message : *Tout va s'arranger. On t'aime, Joseph… Bonnes vacances !*

33

21 juin 2017

L'air hagard, la chemise à carreaux entre les mains, Joseph n'a pu retenir la fille. Elle est tombée, là, derrière la cheminée. La pauvre s'est sûrement écrasée sur les tables de la terrasse du café d'en bas. Pourtant, pas de bruit sourd de corps fracassé, pas de bruit de verre brisé, ni de cri d'horreur. Se fait soudain entendre une voix derrière la cheminée :

— Mais quel connard, ce mec !

Une première main aux ongles vernis en noir, puis une deuxième, s'agrippent à présent au rebord du conduit. C'est elle, elle n'est pas tombée. En tout cas, pas aussi bas que Joseph pouvait l'imaginer. Il se surprend à éprouver un sentiment de joie en revoyant la mine gothique de la fille, saine et sauve. Dans son élan, il lui propose son bras sauveteur et lui tend la chemise.

— T'approche pas ! T'approche pas, j't'ai dit ! grogne-t-elle en s'emparant du vêtement.

La mini-chute n'a pas atténué son caquet. Joseph s'arrête net, aussi docile qu'un chien face à l'ordre de son maître. Il a juste le temps d'apercevoir le bout du sein gauche de cette folle furieuse en train de se rhabiller. La vision furtive le trouble. La peau diaphane de la fille, le galbe de sa poitrine, le téton haut perché pointant vers le ciel étoilé déclenchent chez lui un bégaiement soudain et quelque peu absurde. Il ne s'attendait pas à découvrir autant de finesse et de féminité sous cette carapace gothique. La mâchoire de Joseph tente d'articuler des mots, mais aucune phrase cohérente ne se dessine. Son discours reste inaudible. Malgré ses efforts d'articulation, nous attendons patiemment, côte à côte, la fille et moi, espérant que ce curieux symptôme se dissipe.

— Ben remets-toi, mon gars, c'est pas la première fois que tu mates une fille à poil, si ? s'amuse la fille en remettant lentement sa chemise.

— T'es pas miss Monde non plus, calme-toi ! réplique enfin Joseph, tentant de dissimuler son émoi.

Les hostilités relancées, chacun rejoint alors son camp. Perchés sur leur carré de tuiles, ils patientent, sans savoir ce qu'ils attendent vraiment, suffisamment loin l'un de l'autre pour ne pas s'égorger. Les deux égarés regardent maintenant calmement l'obscurité, les yeux tournés dans la même direction. Curieuse relation. Pour contrer l'ennui, elle déplie un papier de bonbon, porte la friandise acidulée à sa bouche, puis jette l'emballage dans le vide. Joseph, lui, répond au téléphone.

— Oui, Oscar.

— …

— Sur le toit.

— …

— Chais pas… depuis quinze minutes.

— …

— Une nana.

— …

— Canon ? Aucune idée… Fait pas assez jour.

— …

— Sauter ? J'sais pas.

— …

— Barge ? Ça m'en a tout l'air.

— …

— Non t'inquiète, je gère, pas besoin des flics. Comment ça se passe, en bas ?

— …

— Dis-leur que j'arrive bientôt…

— …

— Oui, oui je ferai mes excuses.

Joseph raccroche, l'air agacé. Il semble maintenant impatient de redescendre.

— C'était qui ? demande la fille.

— Mon agent.

— T'es acteur ?

— Non, photographe.

— Ah, c'est pour toi tout ce bazar, en bas, au café Joseph ?

— Ouais.

— C'est qui la meuf photographiée sur tous les clichés ?

— Ma mère… Une actrice… Daisy Gardel.

— … Connais pas.

— Tu viens de quelle planète, toi ?

— De la planète «M'en bats les couilles de ta *life*».

— Bon, visiblement, tu as retrouvé tes esprits, dit-il en se levant. On va pouvoir redescendre.

— Pas encore, dit-elle en fixant l'horizon.

— Écoute chouchou, on a tous nos soucis, tous envie de se foutre en l'air à un moment ou un autre parce qu'on a raté son train, parce qu'il pleut ou parce qu'il y a plus de PQ dans les toilettes. Mais tu vas voir, ça passe ! Et puis, j'ai mieux à faire maintenant, alors tu me suis. Tes problèmes existentiels, je te propose de les régler chez un pro... tu comprends ? C'est pas un grand bol d'air sur les toits qu'il te faut, mais un médecin du carafon ! Faut pas avoir fait médecine pour voir que ça ne tourne pas rond chez toi. T'es complètement mûre !

La fille reste impassible, les jambes repliées et les genoux fermement encerclés par ses bras. Son menton posé sur ses rotules. Pour une fois, pas d'insultes, pas de cris en rafales.

— Il est beau, ce phare illuminé, tu trouves pas ? dit-elle sans lâcher le monument des yeux.

— Ouais, c'est le phare de Palavas, mais on s'en fout, là, tu m'écoutes ou quoi ?

— Tu crois qu'y a des gens qui s'aiment là-bas, ce soir ?

— J'en sais rien... Là-bas ou ailleurs, je suppose que oui.

— Non, mais là-haut, dans le resto panoramique qui tourne sur lui-même ?

— En fait quand je te parle c'est comme si je pissais dans un violon, hein ? Mais, au fait, comment tu sais qu'il y a un resto perché là-haut ? Je croyais que tu n'avais jamais foutu les pieds dans la région…

Dix-huit ans
(L'empathie)

34

21 juin 2010

Une boule volumineuse encombre mon estomac. Elle s'amuse à monter et descendre dans mon œsophage, telle une cabine d'ascenseur en pleine heure d'affluence. J'ai beau ne pas y penser et me concentrer sur l'horizon, le mal de mer s'empare de moi. Je ne savais pas qu'un fantôme pouvait avoir la nausée. Je suis assise à la poupe du voilier, les coudes et le front appuyés contre la rambarde. Mes jambes flottent comme deux fins bâtons dans le vide au-dessus des vagues.

De l'autre côté du bateau, la fête bat son plein sous un soleil déjà au zénith. Nous approchons de la plage des Aresquiers, difficilement accessible autrement qu'en bateau. Un petit paradis de la côte du Languedoc, épargné par l'invasion des touristes en été. Seuls quelques baigneurs parvenus jusqu'ici à vélo ou en bateau peuvent profiter de cette plage vierge. Joseph et sa bande d'amis font une fête sur le bateau. *Don't Stop the Music* de Rihanna perce mes tympans et fait fuir toute faune alentour.

Filles et garçons, en bikinis et caleçons sur le ponton du bateau, s'alcoolisent sans vergogne, pendant que Jay-Z et Pharrell Williams entament à la radio les premières notes de *Blue Magic*. Joseph, tu n'as que dix-huit ans, bon sang ! Ma nausée me tient à l'écart de leurs frasques, et c'est sans doute mieux ainsi.

Oscar n'est guère plus frais que Joseph. Il est loin, le temps des amourettes avec Louise, il semble être passé au stade supérieur avec une nouvelle fiancée. Louise ne monterait jamais sur ce bateau, elle est bien trop jolie et bien élevée pour s'adonner à une orgie pareille. J'en suis certaine, Filipa ne le permettrait jamais.

Joseph a soufflé ses dix-huit bougies ce matin. Je ne voulais pas rater ça, alors je suis restée encore un peu. À vrai dire, je n'ai plus aucune notion du temps. Personne ne m'a encore demandé de dégager ou de rejoindre les cieux. J'ai tellement envie de savoir si Joseph réussira toutes les missions ! Alors je crois bien que je vais rester encore un petit peu. Une force divine me rappellera sans doute le moment venu.

Les anniversaires bien sages organisés pour Joseph ont laissé place à des fêtes plus déjantées. Le bateau à présent amarré, la troupe d'adolescents surexcités rejoint la plage à la nage. De l'eau jusqu'à la taille, serviettes de bain et sacs à dos sur la tête, chacun gagne le rivage à la recherche d'un coin propice à la procrastination et au flirt. L'ombre est rare par ici, quasi inexistante. Joseph, tu risques une insolation !

Par chance, ma condition de fantôme m'épargne la baignade. Je vole à la surface de l'eau pour rejoindre les galets brûlants sur le rivage. Oh mon Dieu ! L'espace d'une seconde, j'ai aperçu mon reflet dans l'eau ! Mon apparence maladive détonne dans ce décor paradisiaque.

Joseph ne quitte pas d'une semelle une belle blonde de son âge à l'allure sportive. Elle ressemble à Cameron Diaz.

Comme le reste du bivouac, un peu à l'écart de Joseph occupé à flirter, je lézarde une bonne partie de l'après-midi. Les serviettes de bain s'accouplent pour de tendres baisers d'adolescents, loin de l'autorité parentale. Les notes sourdes de la musique laissée à bord du bateau parviennent jusqu'à nous. Quelques instants, sur la même plage qui a bercé mon enfance, je m'autorise à avoir le cœur aussi léger qu'à mes dix-huit ans. J'aperçois Joseph embrasser maladroitement sa belle blonde athlétique. Un peu gênée, je détourne mon visage, mais ma curiosité ramène toujours mon regard vers le petit couple. Joseph embrasse goulûment, gauchement, et caresse de manière un peu mécanique les seins de la jeune fille. À d'autres instants, il fait preuve de plus d'adresse et de tendresse. Les gestes de mon garçon me font rougir ! Sa main parcourt le dos de la fille, puis dégrafe son maillot de bain. Joseph ferme les yeux à plusieurs reprises lorsqu'il l'embrasse dans le cou. Quelque chose semble soudain le troubler et l'extirper de cet incandescent moment amoureux. Un détail situé en haut du dos de sa conquête. Un insecte est-il en train d'escalader ses omoplates ? Avec l'index, Joseph vient gratter le contour d'un carré de peau, au niveau de sa nuque. Je m'approche pour voir ce qui le déstabilise. Nos têtes proches l'une de l'autre, nous adoptons la même expression. Nous plissons les yeux, rapprochons notre nez à quelques centimètres de l'épiderme de la jeune fille. Comme Joseph, j'aperçois une petite tache lie de vin. Exactement la même que celle que Louise porte dans le cou !

Joseph se détourne et vire instantanément sur sa serviette. Son désintérêt est soudain, brutal, à couper le souffle. Cameron Diaz ne semble plus bonne à rien. Hyper-vexée, elle préfère aller noyer sa colère dans l'eau turquoise des Aresquiers.

Joseph, toujours allongé sur sa serviette, tapote sur son téléphone portable. Par-dessus son épaule, j'espionne son écran. Il est dans son répertoire, juste sur le nom de Louise. Son pouce s'approche de l'écran, puis hésite à composer son numéro.

— Tu fais une de ces têtes, le jour de ton anniversaire ! remarque Oscar qui traînait à proximité de la serviette de son copain.

— Ça va, va voir plus loin si j'y suis, répond Joseph, obsédé par l'écran.

— Ça va te coûter une blinde si tu fais ça.

— Quoi donc ?

— Appeler en Argentine.

— T'occupe, c'est ma *life.*

— Tu vas lâcher l'affaire, un jour, avec Louise ? Ça fait quatre ans maintenant qu'elle est partie. Tu te fais du mal, mec… Regarde, elle m'a même pas rappelé alors qu'on sortait ensemble, cette « te-pu », ou répondu à tes textos. Elle nous a oubliés, j'te dis !

— Sa mère m'a dit qu'elle m'en a voulu, beaucoup, au début, mais que je lui manque parfois ! Tu veux relire la dernière lettre de Filipa ?

— C'est tellement compliqué, les filles !

— N'oublie pas qu'on s'est quittés à quatorze ans en se disputant... pour des conneries, en plus.

— Écoute, moi aussi elle me manque, c'est triste ce qui s'est passé, son grand-père qui est mort durant les vacances et Filipa qui a voulu rester au pays pour aider sa mère. Mais c'est leur choix, mec !

— J'aurais au moins voulu lui dire au revoir !

— Oui, eh bien maintenant elle est maquée à un gars là-bas. Elle nous a zappés. Relis la lettre de Filipa jusqu'au bout et tire un trait !

— Tu comprends rien !

— Justement, y a rien à comprendre. C'est la vie ! Contente-toi des cartes postales que Filipa t'envoie pour tes anniversaires. Loin des yeux, loin du cœur, comme on dit, et c'est mieux comme ça, crois-moi.

L'air triste, Joseph enfouit sa tête dans sa serviette éponge, comme s'il ne voulait plus entendre la vérité balancée froidement par son copain.

— En tout cas, j'espère que tu seras plus cool dans quelques jours à Marbella. Ambre et ton père sont super-sympas de nous inviter dans leur nouvelle villa. On va faire une teuf, mon pote, j'te dis pas !

Joseph reste impassible, mou comme le sont les adolescents à la veille des grandes vacances, après une année scolaire épuisante.

Un texto le ramène à la réalité. Son regard s'est soudain obscurci d'un voile noir.

— Qu'est-ce que t'as ? lui demande Oscar. T'as vu un revenant ?

— Très drôle.

Tout en tenant son téléphone, la mâchoire pendante, Joseph poursuit sa réponse :

— C'est Fred, tu te souviens, l'agent de ma mère… Il y a une nouvelle lettre. Il ne pourra pas me la remettre cette année…

35

— Allô, papa ?

— Oui ?

— C'est Jo.

— Oui, Jo, j'attendais ton appel. Bon anniversaire, fiston.

— Merci papa.

— Tu sais, alors, pour la lettre ?

— Oui. Fred me dit qu'il ne l'a plus, qu'il ne peut pas me la remettre, c'est quoi cette histoire ? Elle a été volée ?

— Non, la lettre pour tes dix-huit ans t'attend ailleurs.

— Où ça ?

— Chez tes grands-parents.

— Pourquoi ?

— J'en sais rien, c'est la volonté de ta mère.

— Papi et mamie de Bouloc ? Les parents de maman ? Ceux qui ont déménagé il y a si longtemps ? Ceux qu'elle n'appelait jamais ?

— Oui, eux.

— Mais je les connais à peine ! Elle commence à m'emmerder, avec ses lettres.

— Stop, Jo !

— J'ai plus envie de ça, tu comprends, papa ? Elles m'ont aidé au début, mais maintenant je suis majeur.

— C'est ta mère qui a voulu ça ! Tu dois respecter son choix.

— Tu l'as respectée, toi, maman, en te mariant avec Ambre ? Tu nous as oubliés, je le sens bien. Tu m'as inhumé avec elle !

— Tais-toi, Joseph, tu mélanges tout ! Tu ne sais pas à quel point on a souffert de la mort de ta mère, Ambre et moi.

— Avant, au moins, j'avais Filipa et Louise. Maintenant je suis tout seul.

— Jo, tu peux croire ce que tu veux, je vous aimais tous les deux, plus que tout au monde. Ambre, c'est autre chose…

— Tu vois, tu parles de nous au passé. C'est encore pire depuis qu'Ambre est enceinte.

— Tu es en pleine crise d'adolescence, ma parole !

— Et les vacances prévues depuis des mois à Marbella chez toi ?

— L'été ne fait que commencer, mon Jo. Dans quelques jours, nous fêterons tes dix-huit ans ensemble là-bas.

Joseph ravale ses larmes.

— Mais d'abord, tu dois passer récupérer la lettre chez tes grands-parents.

— Dans ce trou perdu…

— C'est le jeu.

— D'accord, papa, dit Joseph plus enclin au dialogue… Mais je pars pas seul chez ces inconnus, j'emmène Oscar avec moi !

36

Bouloc, 25 et 26 juin 2010

Deux mains frêles et ridées arrivent sans crier gare sur le visage de Joseph. Ce sont celles de Jeanne, sa grand-mère maternelle, venue chercher les deux adolescents sur le quai de la gare Matabiau à Toulouse. Après l'épreuve des mains vient celle des accolades, administrées pudiquement mais virilement par le grand-père Edmond. Mémé a de la couperose et les dents du bonheur. Pépé, lui, dissimule ses derniers cheveux sous une casquette en flanelle qu'il soulève régulièrement pour regrouper d'un geste de la main ses mèches clairsemées. Revoir mes parents me fait plaisir. Même s'ils ont le regard bleu marine de ceux qui ont perdu un enfant.

Patientant en retrait sur le quai, Oscar sait que son sort est scellé, il n'échappera pas au même chaleureux traitement.

Entenaillés entre les bras des deux vieux affectueux sentant la naphtaline, les cendres froides de cheminée et la mie de pain chaude, les deux adolescents se regardent. Leurs corps s'agitent comme des poupées de chiffon. Soumis et sans défense, ils ont pourtant l'air de bien prendre la chose. Après tout, il n'y a qu'à suivre le mouvement et considérer ces retrouvailles comme un rituel initiatique, une sorte de bizutage en guise de bienvenue dans cette cambrousse où il ne se passe jamais rien.

Dans la voiture, compressée entre Oscar et Joseph, je reconnais les lieux de mon adolescence au fur et à mesure que l'on s'éloigne de la ville rose pour s'enfoncer dans la campagne verte et vallonnée. La vieille Ford Taunus marron de mon père nous rapproche peu à peu de Bouloc. Les champs de maïs et de tournesol à perte de vue, les maisons de briques roses, l'odeur des fermes environnantes... Ça y est, je me souviens de tout ! Il y a si longtemps que je n'étais pas venue ici. J'ai plaisir à revoir tout cela. Happée par la célébrité, j'en avais presque oublié que j'avais aussi vécu un peu ici. Au point d'omettre d'entretenir le lien entre Joseph et ses grands-parents. Grâce à cette nouvelle lettre, voilà une belle occasion pour Joseph de faire connaissance avec eux. Nous sommes arrivés à Bouloc, joli village de Midi-Pyrénées, perdu à mi-chemin entre Toulouse et Montauban. À mon adolescence, mes parents avaient choisi, pour je ne sais quelle raison, de s'y installer, troquant le bleu de la Méditerranée contre le vert de la campagne.

Joseph et Oscar tardent à sortir de la voiture. Je m'échappe par les grilles de la calandre, impatiente de renouer avec les lieux. Je reconnais les odeurs, la cour de gravier devant la maison, le minuscule chemin grossièrement goudronné, ma balançoire, la cabane de mon père de l'autre côté de la petite route si peu empruntée par les véhicules à moteur – hormis les tracteurs. Ici, le temps semble s'être arrêté. Je me sens heureuse, tout à coup, de rentrer au pays.

Mon enthousiasme à l'idée de séjourner ici pour quelques jours ne gagne pas les deux adolescents. Jeanne et Edmond ont déjà emporté les bagages à l'intérieur. Tout va trop vite pour Oscar et Joseph.

— Chuis en *jet-lag*, dit Oscar à Joseph en remettant ses lunettes noires.

— Il me faut un Red Bull pour sortir de ce cauchemar.

Les garçons semblent avoir besoin d'un temps de repos pour s'acclimater. Contrariés, ils prétextent une fatigue causée par le long trajet en train et la fin d'année scolaire éprouvante pour partir se coucher sans manger.

Mamie Jeanne, désappointée, masque sa déception mais finit par acquiescer.

— On fera plus ample connaissance demain, mon chéri, dit-elle en passant une dernière fois sa lourde main calleuse sur les joues de son petit-fils.

Les deux adolescents s'endorment, épuisés par tant d'émotions. Pour ma part, ce séjour ressemble à une fête. Trop excitée, je ne peux me poser.

Je hante la maison de mon adolescence avec bonheur. Je dépose un baiser sur la joue de Joseph, déjà endormi, puis je rends visite à mes parents qui mangent en silence dans la cuisine. Ce décor m'est familier. Mes parents font partie des gens qui se contentent de peu et savent conserver les objets toute une vie. La nappe brodée, discrètement reprisée, posée sur la table, le carillon au-dessus de la porte de la cuisine, le carrelage en grès bleu sur le plan de travail : tout est démodé, mais intact depuis mon départ. Dans le salon, la télé est laissée allumée en permanence, présente comme un ami qui s'invite au moment du repas. Il y a tant de photos de moi accrochées au mur ou posées sur les meubles que mon regard a du mal à se poser sur l'une en particulier. La maison s'est transformée en mausolée. Je m'aperçois sur une trottinette, souriant à celui qui prend la photo. Sur un autre cliché, je suis vêtue d'un tutu rose. Tenant la pose, j'ai la grâce d'un petit rat de l'Opéra. En réalité, c'était la croix et la bannière pour me faire enfiler ce costume orné de tulle. Il faisait si froid en plein hiver dans la grande salle de danse !

Tiens, une photo de ma première fête d'anniversaire entre copines et copains ; et là, me voici en train de déballer les cadeaux de Noël devant la cheminée, avec le chien Pipo, un bâtard noir collé à mes petits basques du matin au soir. Et puis moi, tour à tour jeune figurante, actrice puis star. Mes parents ont conservé l'intégralité de ma vie hors normes. Il ne manque rien. Je ne me doutais pas qu'ils étaient aussi fiers de moi. Malgré l'absence, mon éloignement, malgré mes fausses excuses pour ne pas venir les voir plus souvent.

Mon pèlerinage dans la maison aux souvenirs a dû durer toute la nuit, car j'entends déjà Joseph se lever. Je dirige mes pas vers la cuisine, guidée par la voix éraillée de mon fils.

— Oui, du lait, s'il vous plaît.

— Mais enfin, Joseph, tutoie-moi, je suis ta mamie !

— OK, mamie.

— Et toi, Oscar ?

— Du lait aussi, s'il te plaît mamie.

— Ha ha, tu as bien fait de me tutoyer, Oscar !

Pendant que la grand-mère s'affaire à confectionner du pain perdu sur son fourneau, Oscar confie ses craintes à son ami.

— Ils sont gentils mais ça craint chez eux ! Ça pue le renfermé alors que j'ai pas encore vu une seule bestiole dans la maison.

— Je sais, reconnaît Joseph.

— Oh là là, ta mère avait vraiment des parents chelou. Tu m'étonnes qu'elle voulait plus les voir !

— Dis pas ça, ils sont modestes, c'est tout. Moi, je les trouve très gentils.

— Gentils ou pas, tu récupères cette putain de lettre et on lève le camp !

— Ça va être difficile…

— C'est ce qui était prévu, Joseph, alors tu te tiens à notre plan !

— Quel plan ? questionne le grand-père, prenant la conversation en route.

De bon matin, il a déjà enfilé son bleu de travail et ses bottes vertes en caoutchouc. Ici, pas de chichi, c'est la vraie vie. Les semelles de ses bottes sont couvertes d'une large épaisseur de terre fraîche, ramollie par l'orage de la nuit. Il arrive sûrement de son potager, situé de l'autre côté de la route, à côté de la cabane. Si ma mère le voit souiller les tomettes de la cuisine, elle va le massacrer !

— Un plan, un plan… pour que tu acceptes qu'on vienne travailler avec toi cet après-midi dans ton atelier ! improvise Joseph.

Derrière le dos du grand-père, Oscar le supplie d'arrêter.

— Tu es en train de me dire que vous voulez bricoler, c'est ça ? Vous n'avez pourtant pas des têtes à aimer les travaux manuels, vous deux…, dit le papi d'un air moqueur. Mais si vous y tenez, je vous trouverai une bricole à faire.

Après avoir englouti leur petit déjeuner et fait une toilette de chat, les deux adolescents reviennent à l'assaut dans la cuisine pour obtenir au plus vite la lettre. La grand-mère est en train de préparer le repas de midi, et n'a guère de temps pour bavarder.

— Je fais un pot-au-feu.

— Mamie… Papa m'a dit que tu me remettrais la lettre de maman.

— Oui, mais plus tard. Pour l'instant, aide-moi plutôt à peler les patates, dit-elle en continuant à s'affairer.

Attablés de force dans la cuisine, les deux adolescents n'ont pas le choix : ils épluchent, sans conviction, les pommes de terre sur un morceau de journal.

— On se croirait dans les films de guerre, en période de pénurie, chuchote Oscar.

— Je t'entends, Oscar, dit le grand-père, de retour de son atelier.

— Il a mis son sonotone au max ou quoi ? s'étonne Oscar.

— Je t'entends encore ! Épluchez aussi quelques oignons, au lieu de vous plaindre, demande le vieux malicieux.

Les oignons à peine pelés, les yeux des adolescents se mettent spontanément à suinter. Leur couteau économe à la main, les garçons se frottent instinctivement les yeux, ce qui déclenche une nouvelle montée de larmes. Le vieux rit tellement qu'il a lui aussi les larmes aux yeux.

— Arrête de les embêter, rouspète la grand-mère.

— Ce n'est pas un plat d'hiver, le pot-au-feu, mamie ?

— Si, mais ici, c'est soupe à tous les repas, été comme hiver.

— La soupe, ça fait grandir et ça fait pousser la moustache, ricane le grand-père entre ses dents usées.

— Ça va durer encore longtemps, ces gags à deux balles, Joseph ? On a plus dix ans, proteste Oscar à voix basse. Je suis au bout de ma *life*.

La grand-mère soulève le couvercle d'un gros faitout posé sur la gazinière. Elle fait signe aux garçons d'apporter les légumes épluchés. Les adolescents les lavent, puis les déposent avec précaution dans l'énorme récipient rempli d'eau bouillante. En quelques minutes, une odeur rassurante émane du faitout. Ça sent les poireaux, les pommes de terre, les tomates, les oignons et les aromates séchés. Nostalgique, je ne peux m'empêcher d'approcher mon nez du chaud nuage blanc formé par la vapeur. Joseph aussi ferme les yeux avec mélancolie.

— Tu te souviens des bons plats de Filipa? demande Joseph à Oscar.

— Graaave.

Après le déjeuner, comme convenu, Joseph et Oscar sont partis avec le grand-père bricoler dans la cabane servant d'atelier. Au bout du compte, se retrouver coincés là peut être une opportunité pour récupérer la lettre plus rapidement. Le grand-père va peut-être céder plus facilement que mémé.

Cet après-midi-là, quelques doigts ont malencontreusement pris des coups de marteau et quelques éraflures de scie, et des échardes sont venues déchirer la peau encore tendre des deux garçons. Oscar se plaint beaucoup de ses entailles. Joseph, lui, se souvient des écrits de sa mère. Même les blessures les plus horribles finissent par former une croûte, puis guérir. Alors ce n'est pas un coup de marteau qui va l'impressionner.

— Ta mère aimait bien venir ici, avec moi, lorsqu'elle était adolescente, dit le grand-père, l'esprit plongé dans ses souvenirs.

— Elle bricolait?

— Non, elle lisait et faisait ses devoirs dans ce coin de l'atelier, sur les marches en bois.

— Elle devait s'ennuyer à donf.

— Jamais, elle était réfléchie et studieuse.

— Moi, papi, ce que j'aime ici, c'est l'odeur des copeaux de bois. Elle déchire, cette odeur, on se croirait en forêt!

— Ta maman aussi, sourit le vieux, tête baissée sur son ouvrage.

Le rafraîchissement proposé, au cœur de cet après-midi d'été caniculaire, par la grand-mère arrive à point ! Pendant que les apprentis ouvriers dégustent leurs grands verres d'eau glacée, on peut entendre les grillons et les oiseaux chanter à tue-tête dans le champ d'herbes grillées d'à côté. Quelques bourdons longent le bord de la cabane en ronflant, à la recherche d'arômes subtils. Ici, tout semble décuplé et incroyablement authentique. Les bruits, les sons, les couleurs, les gestes, les paroles… Un peu comme si l'on regardait le monde à travers une loupe. Leur boisson terminée, les deux garçons reprennent promptement leurs travaux : Oscar répare une lampe tandis que Joseph repeint le cadre d'un petit miroir. Ses gestes sont lents pour gagner en précision : il prélève un peu de peinture du pot en prenant soin de ne pas en renverser, puis l'applique sur le cadre sans déborder. Sa langue coincée dans la commissure droite témoigne de son envie de bien faire. Il veut donner le meilleur de lui-même.

Le temps d'un après-midi, coupé du monde, dans ce trou perdu au milieu de nulle part, personne n'a songé à rallumer son téléphone portable. Alors qu'il termine de raviver la dernière baguette du cadre en bois, Joseph voit glisser une main sur la surface de l'établi. C'est celle du grand-père. Elle est grande, épaisse et brûlée par le soleil. Ses ongles sont cabossés et ses phalanges proéminentes. L'ensemble est suffisamment large pour dissimuler une enveloppe dont Joseph perçoit juste l'angle. C'est elle !

37

Joseph froisse la lettre entre ses mains. Il descend de la cabane en bois perchée dans le prunier où il s'était installé. Sous le coup de l'émotion, il trébuche sur le plancher et son pied s'emprisonne malencontreusement dans la corde coulissante servant d'échelle. Le voilà à présent suspendu par un pied, la tête en bas. C'est dans cette position inconfortable qu'il annonce l'inéluctable à Oscar, venu le secourir depuis l'autre bout du jardin.

— Oscar, je viens de lire la lettre. On est coincés ici pour le week-end !

Mon cher Joseph,

Les années passent trop vite. Tu es presque un homme à présent. Tu dois beaucoup plaire aux filles... Tes cheveux se sont peut-être assombris, j'espère que tu as gardé tes jolis yeux en amande et ton sourire charmeur.

D'abord, je voudrais te souhaiter un bon anniversaire, et te faire un cadeau qui te fera plaisir, j'en suis certaine, pour tes dix-huit ans. Je te lègue mon Alfa Romeo Giulietta Spider. Elle est très ancienne, puisqu'elle date de 1961.

Je te la donne, elle est à toi. Tu n'auras qu'à demander les clés à papa lorsque tu auras passé ton permis.

Si j'étais à tes côtés à cet instant, je te tendrais les clés, tu te mettrais au volant et nous ferions imprudemment quelques mètres le long de l'avenue de la Mer, pour t'exercer un peu. J'imagine la scène : papa grognerait encore car tu n'as pas l'âge de conduire, Filipa lèverait les mains au ciel mais nous, nous serions enivrés par tous ces interdits ! Car nous savons bien que c'est là que se cache le sel de la vie.

Je t'ai aussi préparé un autre cadeau plus… abstrait. Sais-tu ce que signifie l'« empathie » ? L'empathie consiste à manifester de l'intérêt pour les autres, être touché par ce qui leur arrive, se réjouir pour eux quand une chose heureuse vient embellir leur existence, et être triste lorsqu'ils traversent une difficulté. Certains trouvent ce trait de caractère désuet et dépourvu d'intérêt. Moi, je le trouve plutôt positif et porteur d'espoir.

Il n'est pas donné à tout le monde d'en faire preuve, mon Joseph. Mais si tu en es doté, avoir de l'empathie te connectera au monde et aux autres, décuplera tes émotions et te rendra profondément humain. Tu pourras venir en aide à tes semblables, les comprendre et t'enrichir de cet échange. Sans t'en rendre compte, tu vas étoffer ta personnalité, tu deviendras un être nourri de la richesse des autres et de ce que tu pourras aussi leur apporter. Les êtres dotés d'empathie se reconnaissent au premier regard. Personnellement, je les identifie grâce à la lumière douce et enveloppante qui émane d'eux.

Tu n'es qu'un enfant à l'heure où j'écris cette lettre, mais j'aperçois déjà cette lumière en toi. J'espère que ton papa et Filipa ont su l'entretenir et la faire briller intensément. Pour écrire cette lettre, je me suis installée sur la petite table en fer dans le jardin, sous le mûrier. J'ai tenu à ce que tu restes près de moi au lieu de te laisser aller jouer avec Louise. Je vois bien que cela te contrarie, mais je veux profiter encore un peu de toi. T'avoir seulement pour moi. Te souviens-tu de ce moment ? Tu viens de capturer une fourmi. Tu parles de la congeler. Quelle drôle d'idée ! Mais c'est d'accord, nous tenterons l'expérience un peu plus tard dans l'après-midi. Je t'ai fait croire que j'écrivais à un admirateur. Il n'en est rien. Cette lettre, elle est pour toi !

Si tu es d'accord, je te propose de vérifier aujourd'hui, mon cher Joseph, ton niveau d'empathie. Tu sais à quel point j'aimais Lady Di. Oui, Diana, la princesse de Galles. Mais sais-tu vraiment pourquoi ? Parce que au-delà de son statut de princesse et de personnalité publique, elle était avant tout une mère. J'admirais sa manière d'éduquer ses enfants, William et Harry. À sa manière, elle a réussi à leur apprendre les choses essentielles de la vie tout en se moquant des obligations liées à son rang. Je me souviens de ce reportage la montrant avec ses deux fils dans un refuge pour personnes sans abri. William et Harry avaient l'air si curieux et attristés par le sort de ces pauvres gens. Lady Diana avait su sensibiliser ses enfants à la misère du monde. Pour toujours.

J'aurais tellement voulu avoir le temps de faire la même chose avec toi.

Mais j'ai manqué de temps. Papi et mamie vont me servir de relais pour cette mission. À ma demande, ils t'ont inscrit à une œuvre de charité. Demain, c'est toi qui serviras la soupe aux plus démunis du village, le temps d'un week-end !

38

27 juin 2010

La sueur dégouline sur le front des deux adolescents. Dieu seul sait si c'est l'émotion, le trac ou la chaleur qui règne dans l'immense salle municipale du village qui en est à l'origine.

Habituellement réservés aux célébrations des fêtes de Noël, aux vœux du maire en début d'année ou aux activités artistiques et sportives des associations de Bouloc, les lieux ont cédé la place à ce centre d'aide aux plus défavorisés, explique la grand-mère. Constatant que la petite organisation était victime de son succès durant l'hiver, la mairie a décidé de poursuivre son action caritative tout au long de l'année.

Ici, on collecte toutes sortes de choses pour les mettre à la disposition des familles démunies et des sans domicile fixe. Des habits démodés, des meubles anciens, mais aussi des produits de première nécessité. On offre aussi des repas, chauds l'hiver et froids l'été, pour ceux qui cherchent un peu de réconfort.

— Je vous confie mes deux garçons, dit la grand-mère à un responsable de l'œuvre de charité.

Oscar et Joseph, blancs comme un linge de maison, s'avancent vers l'homme à la carrure imposante. Il porte un bleu de travail et doit bien faire un mètre quatre-vingt-quinze. Ses déplacements sont lents en apparence, mais ses enjambées lui permettent de se déplacer avec aisance et vélocité dans cet immense bric-à-brac. Il a visiblement oublié d'apprendre à sourire. Sa peau vérolée par endroits accentue l'appréhension de Joseph et Oscar. Son look est plus proche de celui d'un repris de justice que d'un disciple de l'abbé Pierre. Il vient en direction des deux adolescents tout en essuyant ses mains épaisses sur le devant de sa combinaison.

— Venez par ici, je ne vais pas vous manger, leur dit-il.

Sans broncher, Joseph et Oscar suivent l'homme vers un stand improvisé dans un coin de la grande salle. Ils jettent un dernier regard à la grand-mère qui s'éloigne. Elle leur lance un au revoir de la main avant de s'éclipser. Ils ne sont pas rassurés à l'idée de passer la journée avec cet inconnu aux allures d'ogre. J'aimerais, pour une fois, qu'ils sentent ma présence. Cela les rassurerait peut-être un peu.

— Bon, alors, savez-vous pourquoi vous êtes ici ? leur demande-t-il.

— Pour aider les pauvres, répond Joseph avec spontanéité.

— Non ! Aider ceux qui ont moins de chance que les autres, reprend l'homme d'une voix puissante.

— Aider comment? On ne sait rien faire! précise Joseph.

— C'est vrai ça, on va pas vous servir à grand-chose, on risque même de vous gêner, m'sieur, renchérit Oscar.

— Faux! On a tous quelque chose à donner : de l'argent, des habits, un bout de pain, et si on n'a rien dans ses poches ou dans le cigare, on peut donner du temps ou un sourire.

Toujours sous l'emprise de la grosse voix de l'homme, les deux adolescents laissent précautionneusement échapper un souffle d'air de leurs poumons.

— Tiens, toi, tu vois ce carton? dit-il à Joseph en désignant un colis du doigt.

— Oui.

— Ouvre-le et commence par trier les vêtements qui sont à l'intérieur. Sépare ceux qui sont pour les hommes, pour les femmes et pour les enfants. Tu peux jeter ceux qui sont vraiment déchirés et tachés. Tu as compris?

— OK, répond Joseph en se passant nonchalamment la main dans les cheveux.

— Et toi, tu n'as qu'à faire la même chose avec le carton d'à côté, indique l'homme à Oscar.

Sans demander plus d'explications, les deux garçons ouvrent à la hâte les cartons pour commencer le tri. Oscar semble agir sous la menace. Joseph, lui, relève furtivement le regard pour s'assurer que l'ogre s'éloigne d'eux.

— Je déteste ma mère! dit-il lorsque l'homme est suffisamment à distance.

— Moi aussi.

— Ça va pas, non ? Parle pas de ma mère comme ça !

— T'excite pas Joseph, OK, j'ai compris !

— Tout ça, c'est à cause des lettres. C'était bien, les premières fois, mais là j'ai l'impression de la déterrer à chaque fois que j'en reçois une. Elle est morte, elle n'a plus à décider pour moi !

— C'est dur, ce que tu dis…

— C'est quand même la vérité. Elle aurait dû rester à sa place de morte, mon père m'aurait appris le reste !

— Tais-toi, tu vas nous faire remarquer, le gars à la sale gueule nous regarde d'un mauvais œil.

Joseph a peut-être raison. Ces lettres sont trop lourdes à porter pour un enfant, elles l'empêchent d'avancer sereinement vers son destin. J'ai peut-être été égoïste en les écrivant. Mais j'étais terrorisée à l'idée d'affronter seule la maladie. Pire : de ne plus exister pour ceux que j'aime. Mais c'est trop tard, les lettres sont écrites et Joseph devra les lire, jusqu'à la dernière, pour ses vingt-cinq ans. Ensuite je m'éclipserai. C'est promis.

— Ça chlingue, ces fripes, c'est une horreur.

— Fais comme moi, respire dans ton tee-shirt, conseille Oscar en plongeant le nez dans son encolure.

— Putain, j'ai pas besoin d'aider les pauvres pour me sentir être quelqu'un de bien ! s'insurge Joseph en donnant un grand coup de pied dans son carton.

— T'es fou ou quoi ? Tu veux que le monstre à deux pattes vienne nous trucider ? Moi, je prends pas le risque de finir mes jours ici. Je suis jeune, je veux vivre, j'veux voir Marbella, pécho des meufs ! Finissons cette mission et partons dès que possible en Espagne.

Joseph consent à finir sa tâche. Après tout, en s'y mettant à deux, ils pourront finir plus vite.

Au fil des heures passées à sélectionner, jeter et ranger, l'agacement de Joseph s'apaise. Quant à moi, je tue le temps comme je peux. J'ai beau chercher, il n'y a vraiment rien d'assez seyant pour moi ici. Je donnerais tous les séjours au paradis pour porter à nouveau une robe Yves Saint Laurent ou Chanel. Je m'ennuie à mourir dans ce local. L'idée de rendre l'âme une seconde fois m'a traversé l'esprit. Mais c'est impossible : on ne peut pas être plus mort que mort. Je choisis finalement de m'allonger sur un carton à côté de mon fils et d'attendre qu'il ait fini.

Joseph, lui, semble pris d'un regain de vitalité. Sans s'en rendre compte, il a su transformer sa colère et sa rage en énergie positive. Il enchaîne les tâches avec de plus en plus de facilité et d'enthousiasme. Est-ce l'ambiance bon enfant qui règne entre les bénévoles qui le stimule ? Ou bien le sentiment de réaliser une bonne action sans rien attendre en retour ? En tout cas, cela fonctionne !

Après avoir trié les fringues données par les habitants de Bouloc, Joseph et Oscar ont répertorié les chaussures, bottes et après-skis. À mon grand regret, il n'y a rien ici de très inspirant pour les prochaines collections… Puis les deux ados se sont affairés au classement des livres, bibelots en tout genre et ustensiles de cuisine.

Il est presque dix-huit heures. Il reste encore aux deux adolescents un carton à inspecter. Et pas des moindres. Celui des sous-vêtements. La fatigue physique aidant, les deux garçons sont pris d'un fou rire nerveux en apercevant les gigantesques culottes de grand-mère et les slips kangourou.

— Bienvenue en 1950 !

— Y a encore des gens qui portent ça ? s'esclaffe Oscar en posant un slip kangourou sur son bassin.

— Je croyais que c'était un parachute, répond Joseph en le mettant sur sa tête.

— C'est Edmond et Jeanne qui ont fait un don à la paroisse ou quoi ?

Noyés dans leur hilarité, les deux bénévoles dissipés n'ont pas prêté attention au retour de l'armoire à glace. Il ne lui aura pourtant fallu que deux enjambées pour traverser l'immense salle et se retrouver derrière eux. Les deux garçons, pétrifiés en entendant ses pas lourds, tentent d'éviter la sanction en plongeant leur nez profondément dans le carton de sous-vêtements. Tant pis pour l'odeur de linge sale, c'est une question de survie, cette fois-ci !

— Moi je m'en servirais plutôt de sac à provisions, surenchérit le géant.

Il n'est visiblement pas venu les rappeler à l'ordre. Désorientés, Joseph et Oscar ne savent plus s'ils doivent rire de son trait d'humour ou se taire à jamais. Le grand homme sait qu'il les impressionne. Seul l'éclat imperceptible dans ses yeux trahit son amusement à provoquer autant de frayeur.

— Fais pas cette tête, toi, là, j'vais pas te manger ! dit-il en adoptant une allure féminine, le slip à la main, en guise de cabas. Tu as moins d'humour que ta mère…

— Ma mère ? Vous connaissiez ma mère ?

— Oui, elle est venue plusieurs fois ici, incognito… pour aider.

— Vous savez qui c'est, ma mère ?

— Oui, mais ici à Bouloc, c'était une personne comme les autres. Ni plus, ni moins.

— Mais c'est impossible !

— Ah bon, et pourquoi ?

— Parce que tout le monde la connaissait et voulait l'approcher !

— Peut-être, mais ici il n'y avait pas de star. Donner à bouffer aux pauvres, ça lui remettait les idées en place, à la petite.

Il a raison. Moi aussi je me souviens de ces moments ! Il m'est arrivé à plusieurs reprises de venir ici entre deux tournages. Quand le monde des paillettes devenait insupportable de fausseté et d'hypocrisie. Seul Raphaël savait où j'étais. Je quittais mon monde étoilé pour rendre visite à mes parents quelques jours. J'en profitais pour me reconnecter aux vraies valeurs, à la richesse du monde de ceux qui ne possèdent pas grand-chose et qui pourtant donnent sans compter.

Le soir, à la maison, Joseph ne peut s'empêcher de raconter l'anecdote à sa grand-mère.

— Oui, ton grand-père et moi savions qu'elle s'investissait dans l'association. Ta maman était une personne exceptionnelle, une belle âme. Pas besoin de caméra pour aider les autres. Elle le faisait en toute discrétion, en relevant ses manches. Jean lui doit une fière chandelle.

— Jean, le monsieur terrifiant ?

— Terrifiant, Jean ? Haha… Un ancien SDF.

— SDF ?

— Oui, ta maman a été l'une des premières à l'accueillir au sein de l'association. Il y est resté depuis pour aider les autres à son tour.

Ce soir, Joseph s'est écroulé de sommeil, comme la veille. Mais cette fois-ci, c'est un sommeil sain, réparateur, après une journée bien remplie. Décidément, l'air de la campagne lui réussit. Son sommeil a dû être un peu troublé par ma présence. Je me suis glissée dans l'un de ses rêves toute la nuit. Nous étions tous les deux à l'association. Côte à côte, nous servions une bonne soupe chaude aux sans-abri venus se réchauffer. Je tenais l'assiette creuse pendant que Joseph y déversait une louche de potage. Joseph, as-tu ressenti la même chose que moi ? As-tu éprouvé ce doux courant d'empathie ? J'aurais tellement aimé le partager pour de vrai avec toi.

39

28 juin 2010

Le lendemain, Joseph s'est réveillé à l'aube, a fait sa maigre toilette sans réveiller Oscar, a avalé à la hâte son petit déjeuner et a enfilé ses habits de la veille. Tout prétexte était bon pour arriver tôt à l'association. Il n'a pas hésité à emprunter le vélo d'Edmond pour parcourir seul les deux kilomètres de route de campagne. Joseph semblait avoir des ailes, il pédalait à fond, sans toucher la selle de son vélo. Le soleil était à peine levé, et la rosée de la nuit encore déposée sur l'herbe tendre des fossés.

— Qu'est-ce qui t'arrive, Joseph ? lui demande Jean.

— Je veux aider… servir la soupe, dit-il fébrilement en jetant son vélo par terre.

— Calme-toi, et commence par ramasser ton engin. Les portes n'ouvrent que dans trente minutes. Et puis pourquoi tu veux servir de la soupe ? Y a pas de soupe l'été, personne n'en veut, il fait bien trop chaud, sauf chez tes grands-parents qui en bouffent à longueur d'année !

Joseph trépigne devant les lourdes portes, s'agite, se gratte la tête. Son impatience me rend fébrile à mon tour. Au bout de quinze minutes, la fatigue a gagné les jambes du garçon. Il s'est assis à même le sol, attendant maintenant plus calmement l'ouverture des lieux. Au loin, dans la campagne vallonnée, nous apercevons la Ford Taunus d'Edmond. Elle se rapproche tranquillement, puis dépose Oscar avant de repartir aussitôt. Oscar ne partage pas l'enthousiasme de son copain. Les cheveux encore en bataille, pris de bâillements à répétition, il donne l'impression de terminer sa nuit.

— Salut Joseph, qu'est-ce que tu fous là ? On t'a cherché partout !

— Je voulais encore aider.

— T'es tombé sur la tête ou quoi ? La journée d'hier t'a pas suffi ? On s'était mis d'accord pour mettre les voiles le plus tôt possible de ce no man's land. Pas question de me faire un coup foireux !

— T'inquiète, on a tout l'été pour aller à Marbella.

Jean, le bénévole, ouvre enfin l'entrée.

— Bon, aujourd'hui, je vous sens prêts pour entrer en contact avec le public. Enfin, toi, Joseph. Ton copain, lui, restera au tri de vêtements. Pas prêt. Pas assez motivé.

— Le public ? Moi ? Tout seul ? s'inquiète Joseph.

— Oui, les nécessiteux si tu préfères… c'est bien ce que tu souhaitais, non ?

Joseph a du mal à déglutir, ses joues se contractent, ses lèvres sont sèches. Mon fils a le trac !

Jean lui explique sa mission avec précision en le conduisant à son stand. Cette discipline est pire qu'à l'armée !

— Ta mission, aujourd'hui, sera de distribuer ce nécessaire de rasage à chaque homme qui se présentera à toi.

— OK, OK, dit Joseph en piétinant.

— Tu as bien compris ? Un seul paquet par gars !

Les portes tout juste ouvertes au public, un sans-abri ne tarde pas à se présenter à la table de Joseph. Il est visiblement passé au comptoir des vêtements propres, qu'il tient serrés en boule dans ses bras. Il empeste l'odeur de rance, l'urine et le vin rouge bon marché. Joseph tente de dissimuler son envie de vomir derrière un large sourire et une voix perchée. Il lui tend le kit de rasage mais l'homme, un peu désorienté, passe sans s'arrêter.

— Hé, monsieur, n'oubliez pas votre kit de toilette ! lui crie Joseph quasi en apnée.

L'homme revient sur ses pas.

— Un kit..., dit-il d'une voix râpeuse.

Ses yeux sont presque invisibles, perdus derrière des cheveux trop longs et une barbe envahissante.

— Oui, pour vous laver, vous raser, vous faire beau, sentir bon...

— Quoi, tu dis que je pue ? râle le sans-abri.

— Non, non, monsieur vous sentez divinement bon, c'est pas ça mais une douche de temps en temps, c'est quand même bien sympa... Surtout pour l'entourage !

— T'as qu'à vivre dans la rue comme moi, tu verras si on pue ou pas, p'tit merdeux !

L'homme arrache le kit des mains de Joseph, crache au sol, puis se dirige vers le stand suivant dans un état second. Les larmes aux yeux, Joseph, pourtant plein de bonne volonté, ne comprend pas ce qui vient de se passer.

— Ne t'en fais pas, vient lui dire Jean, qui a assisté de loin à la scène. C'est pas ta faute. Ils ne sont pas toujours reconnaissants. Tu as fait ce qu'il fallait.

Pour la première fois, l'homme parle doucement, son timbre de voix s'est réchauffé. Ses paroles bienveillantes viennent réconforter Joseph, terriblement vexé par la tournure qu'ont prise les événements. Ébranlé par la scène, il aura fallu plus de deux heures à mon fils pour s'en remettre. Peu à peu, le défilé des autres SDF, moins agressifs, l'aide à recouvrer un peu de confiance en lui.

— Désolé, monsieur, ce kit est réservé aux SDF, dit-il à l'un d'entre eux qui s'approche du stand.

L'homme se contente de fixer Joseph.

— Seuls ceux qui en ont vraiment besoin peuvent en avoir un…, insiste Joseph, en se méfiant cette fois-ci de la réaction imprévisible que pourrait avoir son interlocuteur.

L'homme a la peau glabre et rose, il sent bon l'eau de Cologne. Il sourit à Joseph.

— Hé, fiston, tu ne me reconnais pas ?

— Euh… non…, hasarde Joseph, le regard en biais.

— Tu m'as donné du matos tout à l'heure, regarde, je l'ai utilisé. Tu avais raison, je cocotte moins !

Joseph reconnaît la voix rugueuse de l'être menaçant du matin. Je le vois se liquéfier, persuadé qu'il vient à nouveau lui chercher des noises. Le sans-abri tend plutôt un objet à Joseph. Encore imprégné d'effroi par la scène du début de journée, Joseph n'ose pas tendre le bras vers lui.

— Ben, tu la donnes, ta paluche ?

— Par pitié, ne me tuez pas !

L'homme lui saisit la main de force. Ça y est, il devient violent ! Putain de pied dans la tombe ! Je me sens impuissante, incapable de venir en aide à mon propre fils. Mais où est donc Jean ? Le clochard contraint Joseph à présenter la paume de sa main ouverte pour y glisser un minuscule objet. Il referme la main de l'adolescent puis attend sa réaction. Joseph ne sait plus quoi faire. Pleurer, hurler, manifester sa peur, partir en courant ? Il ouvre peu à peu les doigts. Un objet fin et délicat apparaît. Un petit chat chinois en porcelaine, symbole de bon présage, remis par l'homme le plus rustre de la planète.

Joseph regarde l'objet. Puis, tremblant, il lève les yeux vers le SDF.

— Pourquoi ?

— Pour te remercier.

— Je n'ai rien à vous donner en retour, m'sieur.

— Tu l'as déjà fait.

40

Montpellier, 21 juin 2017

Quelques éclairs commencent à trouer l'obscurité du ciel sec. Joseph et cette fille ne devraient pas se tenir aussi près de l'antenne télé collective de l'immeuble. La foudre peut tomber à tout moment, même s'il ne pleut pas encore. Inquiète, je me mets à compter sur mes doigts décharnés le temps restant entre l'apparition de l'éclair et la déflagration de l'orage au loin. Une, deux, trois… six… dix secondes, ce qui fait dix kilomètres. Rien à craindre pour l'instant, l'impact a eu lieu hors de la ville, du côté de la mer, visiblement.

— Je trouve que tu poses beaucoup trop de questions pour un mec censé observer à travers son objectif, dit la fille à Joseph. Un photographe, ça ferme sa gueule en principe, non ?

— Tu es la fille la plus antipathique que je connaisse. Et pourtant, j'en ai croisé, des connasses.

— Tu vois, venant de ta part, je le prends plutôt comme un compliment.

— À part agresser verbalement les mecs, qu'est-ce que tu sais faire ?

— Plein de choses mais… pas à toi.

— Ça doit être fatigant d'être aussi chiante et désagréable. C'est sûrement pas facile tous les jours dans ta relation avec les mecs, hein ?

Sans cesser de fixer l'horizon, elle adresse un doigt d'honneur à Joseph.

— Ah mince, j'oubliais, ce n'est pas vers le ciel que je dois pointer mon doigt mais plutôt dans ton fion. Ça ne se refuse pas un doigt au cul, quand on est gay, non ?

— Pauvre fille, t'as quinze ans ou quoi, pour trouver des répliques aussi nazes ?

— Tu dois même aimer ça.

— Tu me fatigues.

— Sérieusement, s'il y a ton vernissage en bas avec tout le gratin, qu'est-ce que tu fous ici ?

— J'avais besoin d'air.

— Monsieur ne serait pas un peu agoraphobe sur les bords ? ironise-t-elle.

— Non, juste envie d'être seul… pour lire un truc, tranquille, sans personne. Je pouvais pas savoir que la place serait prise par une peste de première catégorie.

— Oh, et romantique en plus. Il est venu lire à la belle étoile la petite lettre de sa maman défunte !

— Ma parole, tu recommences ! On se connaît ! Où est-ce qu'on s'est croisés ? Dis-le. Et puis ta voix me dit quelque chose.

— Tu fais fausse route, on est pas du même monde.

— Je t'ai jamais dit que ma mère avait écrit ces lettres, ni qu'elle était morte. Tu me suis, tu es une fan hystérique, c'est ça ?

— Tout le monde le sait, qu'elle est morte, balbutie la fille.

— Oui, mais y a deux minutes tu n'avais jamais entendu parler d'elle. Putain, t'es qui ? Et puis dégage-moi cette frange de ton visage ! dit-il en aveuglant la fille avec la lumière de son portable.

— T'as entendu parler de Google ? La connexion est excellente depuis un toit. Et puis c'est quoi cette histoire de lettres ?

— Tu es la dernière personne à qui j'ai envie d'en parler, tu vois.

— Tu as tort, avec moi zéro risque, je suis à moitié cinglée, c'est toi qui l'as dit, alors personne ne me croira si j'en parle.

— Des lettres… écrites pour mes anniversaires… pour me guider.

— Désolée de te dire ça, mais elle était un peu siphonnée, ta reum. Quand on est mort, on est mort. On tire sa révérence pour de bon et on laisse les vivants vivre en paix.

— Ta gueule…

— OK ! abdique-t-elle.

— Après tout, t'es peut-être pas aussi fêlée que je l'imagine. Je n'ai jamais vraiment bien compris pourquoi ma mère a fait ça. Pour mon bien, je suppose… C'est absurde, mais parfois elle me hante plus qu'elle ne me fait du bien.

— C'est gai, l'ambiance, chez toi !

— Va savoir ce qui traînait dans sa tête avant de mourir…

— À mon avis, elle a dû baliser grave sa race de te quitter.

Leur échange m'attendrit. Je pose mon visage sur les genoux de Joseph comme un chat vient ronronner sur son maître.

— Elle t'aimait tant, souligne la fille.

— Qui ?

— Ta mère… Je suppose qu'elle t'aimait plus que tout pour avoir eu envie d'échafauder un plan pareil, rougit-elle.

— Mais c'est ça, t'as tout pigé !

— Comment ça ? Pigé quoi ?

— J't'explique… Je suis sur ce toit depuis des heures, avec une nana « au bout de sa vie » qui ne demande qu'à sauter dans le vide !

— Ravie de voir que ma détresse te fait du bien, mais je ne vois pas le rapport entre ta mère et moi !

— Mais si, enfin, réfléchis. Je ne te connais même pas et pourtant je m'épuise à vouloir te sauver malgré toi. Tu es complètement folle, ça c'est certain, tu ressembles à rien avec tes faux airs de Robert Smith[1], tu es impolie, mal élevée, j'ai envie de te foutre des baffes à chaque instant, mais tu es aussi pleine de vie ! À chaque fois que tu voulais te foutre en l'air, je me disais « pourvu qu'elle ne saute pas, cette fille peut tout traverser, toutes les peines, toutes les difficultés si elle le veut ». Je crois que ma mère me dit que la vie est précieuse !

— Arrête, trop métaphysique pour moi.

— Mais si, écoute, on peut traverser le pire. Et je pense que toi, tu as dégusté. Tout a encore plus de

1. Chanteur du groupe The Cure.

saveur après. On devient invincible ! La croûte, tu vois, c'est ça !

— Mais de quelle croûte tu me parles ? C'est dégueulasse. Allez, c'est bon, arrête ton cinéma. T'es stone ou quoi ?

L'humeur électrique de la jeune femme est de retour, laissant perplexe Joseph pourtant enclin à la confidence. Il y a à nouveau de l'orage dans l'air entre eux. Ces deux-là commencent à me lasser. Ils devraient plutôt jeter un coup d'œil au ciel car le tonnerre se rapproche.

— Qu'est-ce qui te prend encore ? cherche à comprendre Joseph.

— Arrête, j'ai tout vu ! J'étais là..., s'agite-t-elle.

— Où ça ? Vu quoi ? Espèce de cinglée ?

— Tu sais bien que c'est toi le plus barge de nous deux !

— Non, c'est toi !

— Non, c'est toi !

Un coup de tonnerre... un kilomètre. Faites attention les enfants ! Plus qu'une seconde, l'orage est proche de nous !

Vingt ans
(L'humilité)

41

Paris, 21 juin 2012

Deux paquets de chips, un pack de bières, un pot de Nutella, des croquettes pour le vieil Hubert, un sachet de céréales et quelques plats industriels viennent s'amonceler dans le panier à roulettes de Joseph. Un dernier tour au rayon des tablettes de chocolat, et mon fils aura terminé ses courses pour la semaine. Des provisions faites dans la précipitation, improvisées dans les rayons, sans tenir compte des bonnes habitudes alimentaires enseignées à l'époque par Filipa. Il n'y a pas si longtemps que ça, pourtant ! Je me demande parfois ce qu'il reste de cette époque. Joseph semble avoir tout oublié de ce temps rêvé. Les bonnes manières, la discipline, la courtoisie, le bonheur de vivre. À présent son cœur bat, sa bouche parle, mange, boit, embrasse, rit de temps à autre, mais je me demande s'il vit vraiment intensément. Joseph pousse comme une herbe folle se laissant incliner par le vent et la lumière du soleil, mais écoute-t-il vraiment ce qui a du sens en lui ? Mes lettres sont bien gentilles, elles débordent des belles valeurs que j'espérais inculquer à Joseph malgré ma mort, mais y suis-je véritablement parvenue ? À quoi vont lui servir ces bons sentiments si ses yeux ne se remplissent pas de cette fureur de vivre ?

Voilà bientôt un an que Raphaël s'est installé à Marbella avec Ambre et leur fille. Joseph n'a pas voulu les suivre ni vivre seul à la maison de la plage qu'ils ont fermée d'un commun accord. Il est parti poursuivre ses études supérieures à Paris. Il a intégré Sciences Po. Son père veille à ce qu'il ne manque de rien. Chaque fois qu'il a des vacances, Joseph s'envole pour Marbella pour faire le plein de soleil et retrouver son père, trop loin de lui à son goût.

Je m'inquiète pour Joseph, il est si maigre, on dirait un jeune lapin dont on aurait volé la fourrure. Pourtant il est à l'abri du besoin. Son père finance ses études, son loyer et sa nourriture.

Joseph file à travers les allées du petit supermarché de quartier en oubliant de s'arrêter devant l'étal de fruits et légumes. C'est pourtant bon et plein de vitamines fraîches ! Je tente de ralentir sa course devant les plateaux de fruits, en bloquant avec mes pieds les roulettes de son panier. S'il est freiné, il aura peut-être la présence d'esprit d'identifier les bons produits !

Joseph sent bien une résistance sous le Caddie. Un bout de salade, sans doute, venu se coincer dans le mécanisme, pense-t-il. Il tire alors plus fort sur le panier pour le contraindre à avancer plus vite. Sans le savoir, il vient de m'écraser sous les roues de l'engin infernal. Cela me rappelle le jour de mon terrible accident. Mon corps s'aplatit dans l'allée centrale comme une pâte brisée sous le poids du rouleau à pâtisserie.

Joseph passe à la caisse. Sans fruits ni légume bien sûr. Il paie, puis retourne dans son appartement niché sous les toits d'un superbe immeuble haussmannien. La chambre de bonne de quinze mètres carrés, j'ai connu ça aussi, à mes débuts. La promiscuité provoquée par le manque d'insonorisation rendait la vie entre voisins plus chaleureuse. Avec le recul, c'était bon. Les W.-C. sur le palier, l'odeur du curry de pois chiches mijoté par la famille indienne au bout du couloir, les grincements du matelas à ressort de mon voisin étudiant à la vigueur sexuelle intarissable, le courrier déposé directement sous ma porte par la concierge…

C'est joli chez Joseph. Plus grand que ma chambre de bonne. Un peu en désordre mais chaleureux, comme le sont habituellement les appartements mansardés aménagés sous les toits de Paris. Joseph a laissé les fenêtres ouvertes. La chaleur est intenable pour un mois de juin à Paris. Je me penche pour admirer le paysage. Joseph a une vue imprenable sur le parc Georges-Brassens.

Il m'arrive de passer des journées entières avec lui. Je l'accompagne dans ses rendez-vous, ou bien je rêve avec Hubert et lui, tranquillement installée sur le tapis berbère de son studio. C'est un peu comme si nous étions enfin réunis. Je le sens plus calme, dans ces moments-là. J'aime imaginer qu'il sent ma présence, ou qu'il est en train de penser à moi. Joseph prend parfois son chien pour un fou lorsqu'il l'aperçoit, la patte avant gauche levée dans le vide. Hubert n'est pas sénile, il me tend simplement la patte !

Cet après-midi, direction le centre Beaubourg. Joseph a besoin de documentation pour réviser son examen. Métro Convention, ligne 12, changement à Montparnasse, puis à Châtelet. Couloir, couloir, couloir, escaliers, tapis roulants, rames rugissantes… Nous sortons à la station Hôtel de Ville et remontons aussitôt à pied la rue Beaubourg, jusqu'à la bibliothèque. De loin, on peut déjà apercevoir la file d'étudiants.

Joseph prend place dans l'interminable queue, impatient de pouvoir accéder au centre. Ils sont nombreux à venir réviser. Avec Joseph, nous avons déjà attendu plus d'une heure en plein hiver ! Il faut être patient. Le vigile fait passer les étudiants par groupes de vingt, pas plus. Ils ont tous le nez baissé sur leur écran de portable, l'ambiance n'est pas propice à la communication ni aux rencontres.

Joseph pénètre enfin dans le bâtiment. Un escalator, puis deux. Nous voici arrivés dans l'estomac de la bibliothèque. Quelques manuels pris rapidement dans les allées, Joseph s'installe sans bruit à une grande table, près des immenses baies vitrées. Il met son portable en mode silencieux afin de ne pas troubler les autres studieux visiteurs, puis se plonge enfin dans les ouvrages sélectionnés dans les rayons, prêt à digérer les informations. Je le vois souffler, ouvrir de grands yeux, prendre une grande inspiration tel un invité repu à la fin d'un repas de fête.

Je m'ennuie un peu. Je m'ennuie beaucoup, énormément même. Si cela continue, je vais m'endormir. Mais un fantôme n'a pas besoin de repos. Résignée, je profite du temps des révisions de Joseph pour aller faire un tour dans ce lieu insolite. Je m'arrête d'abord au rayon cinéma et théâtre puis, après avoir relu quelques scènes de *L'École des femmes*, de *Bérénice* et de *Roméo et Juliette*, par-dessus l'épaule d'étudiants concentrés, je file admirer la collection Kandinsky exposée au rez-de-chaussée. Tout le monde en parle en ce moment. Pour une fois, tout est permis ! Je peux me glisser derrière les œuvres, approcher mon nez au ras des peintures : le gardien n'y voit que du feu.

Lorsque je retourne auprès de Joseph, il est en ligne. Le visage fermé, avachi sur sa chaise, la discussion semble le contrarier.

— Comment vont ma petite sœur et Ambre ?

— …

— Oui, papa, je vais venir pour les vacances.

— …

— En août, je pense.

— …

— Oui, je bosse mon dernier cours, là.

— …

— « Le monde, l'Europe et la France, de 1945 à nos jours. »

— …

— Assez facile, ouais.

Devant Joseph, posé sur la table, ce n'est pourtant pas un livre de droit, mais un ouvrage consacré à la pratique de la photographie. Joseph est en train de mentir sans vergogne à son père !

Il raccroche, prétextant ne pas vouloir gêner plus longuement les autres étudiants. Il replonge son attention dans un bouquin, s'arrête, pince les lèvres, regarde au loin, tapote nerveusement son stylo sur les pages. Ses gestes compulsifs exaspèrent sa voisine de table, qui ne cesse de souffler exagérément pour lui signifier son agacement. Joseph ne semble pas la voir, il saisit à nouveau son portable pour taper un texto : *Papa, je ne peux pas te mentir plus longtemps. Sciences Po ne m'intéresse pas. Les cours sont imbitables. Je veux me lancer dans la photographie.*

Oh mon Dieu ! Je ne savais pas que mon vieil appareil photo, retrouvé par Joseph il y a un an dans la cave de la maison de la plage, allait avoir autant d'importance à ses yeux ! Il m'avait été offert par Fred pour fêter la signature de notre premier contrat. Cet amoureux fou des Leica se plaisait à dire : « Il n'y a rien de plus beau que la photographie en argentique ! » Fred avait raison. Le grain de l'image, les contrastes, le hasard des pauses avant d'appuyer sur le déclencheur font de chaque cliché un objet rare et unique.

J'aurais dû me douter du goût soudain de Joseph pour la photographie. Il ne se sépare plus de cet appareil, il immortalise tout. Il s'est d'abord concentré sur les paysages, ensuite sur le chien Hubert qui a été, malgré lui, shooté sous toutes les coutures. Enfin, depuis quelques semaines, Joseph se passionne pour les gens. Il les prend en photo partout. Dans les gares, les squares, les hôpitaux, les musées, les halls de cinéma, les arrêts de bus… partout où les gens attendent, patientent. Ce garçon semble fasciné par les individus coincés entre deux mondes.

Leur statisme lui rappelle peut-être le sien. Car Joseph attend, il ne construit rien, il se contente du destin choisi par son père, en suivant les cours de Sciences Po. Et le contenu de mes lettres, Joseph, tu t'en souviens ? Qu'est-ce que tu en fais ? Qu'est-ce que j'ai oublié de te dire pour que tu puisses prendre véritablement ton envol, et décider de ta propre vie par toi-même ?

Le téléphone se met à vibrer dans la grande bibliothèque de Beaubourg. C'est Raphaël. Joseph laisse vibrer l'appareil dans la poche de son pantalon plusieurs fois. Son père doit être furieux pour insister autant ! Puis le silence, avant la réception d'un texto.

— *Joseph, rappelle-moi. On doit parler.*

— *Je t'ai tout dit.*

— *Tu vas faire une connerie. On ne gagne pas sa vie en étant photographe.*

— *Papa, fais-moi confiance.*

— *J'ai toujours fait que ça ! Tu veux crever la faim ?*

— *Ne t'inquiète pas, je n'ai pas besoin de ton argent, papa.*

— *Ce n'est pas ce que j'ai dit, Joseph.*

Joseph n'a pas répondu. Raphaël n'a pas renvoyé de message non plus. Assise au bout de la grande table d'étudiants, je tremble d'émotion. Avec son sale caractère, il est capable de bouder et de ne plus accepter l'aide financière de son père. Que va devenir mon petit Jo ? Joseph referme bruyamment ses livres, provoquant cette fois-ci le mécontentement général de la table, les repose sur le chariot disposé au bout de l'allée puis relève brusquement la tête. Le regard encore sombre abrité sous ses sourcils fournis, il se sent observé sans en avoir vraiment la certitude. Peut-être est-ce Solange, une étudiante rencontrée sur son campus, folle amoureuse, qui lui colle aux basques quasiment nuit et jour depuis des semaines. Tout ça parce qu'ils se sont roulé quelques pelles à une soirée trop arrosée. Mais non, il n'y a personne.

Le temps de redescendre les escalators, de sortir de l'immense bibliothèque, Joseph a toujours l'air contrarié. Sur le parvis du centre Beaubourg, il envoie un texto à Oscar.

— *Salut, laisse tomber tes cours d'attaché de presse. Ce soir, c'est la grande teuf pour mon anniversaire.*

— *Toujours prêt, mon Jo. C'est quoi le programme ?*

42

La musique est si forte qu'il est impossible de parler. Cela tombe bien, ce genre d'endroit n'est pas conçu pour raconter sa vie privée. Il fait très sombre et terriblement chaud. Les effluves d'alcool et de parfums haute couture peinent à couvrir les odeurs de canapé souillé par la transpiration. Ça sent aussi le caoutchouc brûlé, le vomi et la bougie consumée. Carré VIP, copains de fac, défilé de Norvégiennes prêtes à tout pour décrocher une soirée bling-bling aux frais de la princesse... En l'occurrence, moi, puisque c'est mon argent que Joseph fait flamber ce soir pour son anniversaire. Pour calmer mes nerfs, je prends une petite coupe de Dom Pérignon. Après tout, le champagne coule à flots. Un verre de plus ou de moins ne viendra pas contrarier le débit de tous ces pique-assiette déjà bien enivrés.

Entre deux couplets de *I'm Coming Out* fredonnés par Diana Ross, je porte la coupe à mes lèvres. Un client déjà bien grisé par l'alcool la voit flotter dans les airs. Il ne cherche pas à comprendre, il est bien trop tard : il préfère mettre cette hallucination sur le compte de l'ivresse, de la musique trop forte et de la fatigue. Les arômes envahissent mes narines, les fines bulles de champagne viennent picoter la multitude de papilles posées sur ma langue, les tanins envahissent ma bouche. Retrouver ces sensations me fait me sentir presque vivante. Je bois encore et encore jusqu'à ce que l'ivresse me gagne, jusqu'à ne plus avoir conscience de quoi que ce soit. Hormis du fait que je parviens à tenir ce verre dans ma main. Je peux donc agir sur les objets ! Dans l'excitation de cette découverte, je cherche à vérifier la véracité de ma trouvaille. Je tente d'attraper un téléphone portable posé sur la table, mais rien ne se passe. Mes doigts fendent l'air et les objets sans pouvoir les saisir. Je renouvelle l'expérience avec le photophore. Encore un échec ! J'ai pourtant vu *Ghost* des dizaines de fois. J'ai bien vu comment s'y prenait Patrick Swayze ! Je manque d'entraînement, ça doit être ça. La bouteille vide. Raté. La note en papier posée sur la table. Raté. Un sac à main. Encore loupé.

Pourtant ce n'était pas le hasard, je l'ai bien vu, ce verre dans ma main ! Et si le pouvoir venait du liquide ? Oui, c'est ça, le pouvoir vient du liquide ! Tout comme j'ai pu agir sur la buée de la salle de bains lors de la première mission pour les onze ans de Joseph ! Je peux avoir un effet sur tout ce qui est liquide ! Eau, champagne, qu'importe le flacon ! Une telle découverte, ça se fête. Sur la table du carré VIP, Kylie Minogue me prend par la main sur *Can't Get You Out Of My Head.* Une coupe de champ' au bout des doigts, je porte le verre vers le ciel comme un trophée. Le temps de descendre cul sec la coupe, mon enthousiasme retombe au fond de mes chaussettes. À quoi va me servir un don pareil ? C'est idiot de s'emballer pour si peu. Je m'affale sur le canapé, condamnée à ruminer le restant de la soirée.

Comme tous les soirs, l'ambiance est érotique chez Denise, rue Quincampoix. Non, mon petit garçon ne peut pas fréquenter des lieux pareils ! Strip-tease intégral et gâterie « faite maison » devant l'assemblée pour le client le plus en forme, sur un air de Mary J. Blige, *Family Affair.*

Joseph préfère rester en retrait dans son carré VIP. J'aime mieux ça.

— Tu sais que tu es bonne, dit Joseph à l'une des Norvégiennes restée assise à côté de lui.

— Je ne comprends pas ce que tu me racontes, mon chéri, lui dit-elle en russe.

— Oui, si tu veux Josette, du moment que tu me lèches tout à l'heure.

— T'es chaud bouillant, ce soir, lui dit Oscar revenu dans le carré VIP.

— Oui, mais plus pour longtemps. Je suis en manque. Je sens l'atterrissage. Tu viens avec moi ?

Oscar et Joseph se dirigent vers les toilettes de l'établissement, croisant sur leur passage un célèbre écrivain en quête d'inspiration et un animateur télé venu décompresser après son *prime.* La routine, rien d'exceptionnel.

Les deux amis s'enferment dans les toilettes tandis que tourne sur les platines *I Can Only Imagine* de David Guetta. Direction les paradis artificiels.

À l'abri des regards, sur le rebord du réservoir des toilettes, Oscar prépare la poudre magique.

— Passe-moi ta carte bleue, Joseph.

Joseph observe Oscar ouvrir le pochon contenant la poudre blanche. Sa dextérité prouve son savoir-faire en la matière. Il en dépose quelques grammes sur l'écran de son portable, puis forme une ligne blanche bien droite à l'aide de la carte bancaire. Direction, sans escale, les narines de Joseph et d'Oscar. Pourquoi as-tu fait ça, mon Joseph ! Je ne t'ai jamais appris ça. Qu'est-ce que tu deviens ?

Les premiers effets ne tardent pas à se faire sentir. Les deux amis restent là, sans bouger, dans ces toilettes empestant l'urine.

Le bruit sourd de la musique à l'étage ne parvient pas à couvrir celui des talons hauts qui viennent de pénétrer, à l'instant, dans les toilettes pour hommes. Oscar et Joseph ne bougent pas. Des filles, ils en ont à la pelle. Et puis, c'est peut-être Solange. Si c'est elle, cette fille fait vraiment flipper. Un baiser, et c'est la corde au cou, avec ce genre de nana.

Les pas félins se rapprochent lentement. Des Louboutin montrent enfin leurs pointes vernies sous la porte.

— Un plan à trois improvisé, ça te tente, Joseph ? chuchote Oscar.

Joseph ouvre la porte en guise de réponse. Cela doit vouloir dire oui. Mais les talons hauts ont déjà pris la fuite. Tout juste le temps pour Oscar et Joseph d'apercevoir une main fine et translucide claquer la porte derrière elle.

Oscar et Joseph n'ont pas remis la main sur les souliers en vernis noir, ni sur les Norvégiennes, d'ailleurs. Seule Solange (adepte des Converse et non des Louboutin) a fini par croiser leur route dans la sombre boîte de nuit.

— Je rentre, j'en ai ma claque.

— Je peux dormir chez toi ? dit-elle à Joseph.

— Écoute, sois gentille, pas ce soir, je suis vanné.

Joseph rentre seul. Boulevard de Sébastopol, en taxi, au petit matin, ventre vide, haleine chargée.

Il rejoint son nid perché du XVe arrondissement. Il n'a pas sommeil, malgré la nuit blanche. Il allume la télé, glisse un DVD dans le lecteur. Je connais cette musique. Le visage d'une actrice apparaît sur l'écran. Le mien.

Joseph se blottit comme un enfant dans les coussins moelleux du canapé-lit pour regarder le film. Je suis belle, on ne voit que moi et Joseph ne me quitte pas des yeux. Je reste près de l'écran pour toucher mon visage. Joseph baisse le son, puis double avec sa voix tous mes dialogues. Je me souviens encore du texte. J'accompagne Joseph à l'unisson. Nos deux voix se mêlent comme si nous étions réellement dans la même pièce. Mon Joseph ne m'a pas oubliée ! Avec un peu de chance, la prochaine lettre le remettra sur le bon chemin.

Joseph a fini par s'endormir. Quelques minutes seulement.

43

22 juin 2012

Joseph a faim. Il sait qu'il ne pourra pas lire la lettre, remise en main propre par le facteur tôt ce matin, tant qu'il n'aura pas calmé son ventre qui le tiraille. Un hamburger géant du Burger King d'à côté apaisera sa fringale. Ce sont les seuls qui ouvrent au petit matin, le week-end.

Le mélange d'odeur d'huile chaude, de frites, de bacon et de café noir est entêtant aux abords du fast-food. Guidé par ces émanations, Joseph pousse la porte du restaurant, traverse la salle encore déserte en gardant la tête levée vers le gigantesque tableau des menus disposé au-dessus des distributeurs de boissons puis arrive au comptoir. Il choisit son petit déjeuner sans prendre le temps de dire bonjour au personnel, déjà sur le pont.

— Un *croissant'wich egg and bacon* avec un café *latte* et un fondant au chocolat… s'il vous plaît, se sent-il obligé d'ajouter.

Lorsqu'il dirige enfin son regard vers la vendeuse, il ne peut s'empêcher d'avoir un mouvement de recul. Ses sourcils se soulèvent d'étonnement devant la tenue de l'employée qui porte des petites lunettes rondes teintées, et la visière de sa casquette bien trop inclinée vers l'avant. Elle s'arrange pour être souvent de biais ou de dos, ses yeux se dérobent. Pas vraiment commerçant, comme attitude.

Ils font flipper, les gens à Paris, s'étonne tout haut Joseph en réglant sa commande. Son plateau à la main, il cherche une table libre. Il n'a que l'embarras du choix. Non mais c'est pas vrai ! Solange rôde à l'extérieur ! Comme un animal sauvage, elle scrute l'immeuble de Joseph, situé juste en face. Elle s'est postée sur le trottoir pour mieux guetter ses déplacements. Elle semble à l'affût du moindre mouvement dans les lieux. Ce qu'elle ne sait pas, c'est qu'elle se trouve à deux mètres seulement de Joseph, qui est assis derrière la façade vitrée du Burger King.

Qu'est-ce qui a bien pu passer par la tête de cette fille ? Personne ne s'emballe à ce point pour un simple baiser ! Joseph aurait mieux fait de se casser une jambe le jour où il l'a rencontrée. La fille est plutôt jolie, je comprends que Joseph ait voulu flirter avec elle. Blonde, un carré frisé, un look un peu androgyne, avec de l'humour et une bonne descente niveau alcool : à première vue, la fille idéale dont rêvent tous les garçons. Solange est une copine d'une copine de fac, elle suit des études de psycho. À mon avis, elle-même aurait besoin d'une bonne thérapie. Si encore Joseph avait couché avec elle ! Mais non, rien ! « J'aime tes failles », ne cesse-t-elle de lui répéter. Si elle aime les torturés, elle n'a qu'à recruter dans un asile de fous. À présent, Joseph ne sait pas comment se débarrasser de ce pot de colle. Ça risque d'être violent !

Joseph remonte la capuche de son sweat sur sa tête, puis s'installe rapidement dos aux vitres avant qu'elle ne le voie. Tandis qu'il croque à pleines dents dans son croissant salé, il se met à observer machinalement l'employée du fast-food qui s'affaire au comptoir. Celle au comportement si étrange. Sa maladresse capte peu à peu l'attention de Joseph, qui en oublie quelques instants le « cas Solange ». Cette employée est un vrai Gaston Lagaffe ! Elle amuse beaucoup Joseph de bon matin. Il croque une nouvelle fois avec passion dans son burger, déterminé à ne pas perdre une seule seconde du spectacle. Le manque de visibilité sous sa visière fait cumuler les catastrophes à cette pauvre gamine. Collègues bousculés, gobelets de Sprite renversés, commandes erronées servies aux clients... Quand soudain, une giclée de sauce tomate vient s'échouer sur la lettre de Joseph posée à côté du plateau. La fille n'y est pour rien, cette fois-ci. Elle se tient trop éloignée. Le ketchup tombé directement du sandwich de Joseph est venu ensanglanter l'enveloppe blanche. De toute manière, Joseph est repu, plus rien ne s'oppose à sa lecture.

44

22 juin 2012 et 15 octobre 2012

Bonjour Joseph, c'est Daisy. C'est absurde, je ne sais plus si je dois dire Daisy ou maman. Tu es si grand à présent. Il m'est difficile de t'imaginer à vingt ans. C'est si lointain pour moi, tout ça. J'espère que les années n'ont pas effacé mon souvenir et que je reste ta petite « mamou » quelque part en toi. J'aime imaginer que les leçons transmises ces dernières années t'ont aidé à devenir un homme bon, honnête et surtout…

Joseph froisse brutalement la lettre. « Stop ! Assez de toutes ses bienveillances, mélodrames et leçons », crache-t-il très fort dans le fast-food. Au même instant, la serveuse aux deux mains gauches provoque une nouvelle catastrophe. Les crèmes glacées, les Coca XXL et les beignets de poulet qu'elle transportait sur un plateau sont venus s'écraser sur le pavé ciré du restaurant. Tous les regards se tournent vers la pauvre maladroite, tandis que le manager la couvre de réprimandes. Regardez-le, celui-là, la belle aubaine, on dirait qu'il en rajoute ! Rien que pour l'humilier encore davantage.

Elle reste là, résignée, agenouillée, le dos courbé, préférant ramasser la nourriture gâchée plutôt que de dire à ce pauvre con de la fermer.

La moutarde monte au nez de Joseph, et ce n'est pas celle de son hamburger. S'il ne quitte pas les lieux immédiatement, il sent qu'il va mettre son poing sur la tronche de ce moins-que-rien, qui a tout juste le courage de s'en prendre à des filles. Il glisse alors la lettre dans la poche de sa veste en jean et rentre chez lui, Solange collée à ses semelles et la tête bien loin de cette histoire de mission.

Cet été-là, il a fait chaud, si chaud que Joseph n'a pas remis pendant plusieurs semaines sa veste en jean. Elle est restée là, posée dans sa penderie, coincée entre deux vêtements d'hiver. Jusqu'à ce jour d'automne où les premiers frimas se sont fait sentir. C'était rue de la Convention, alors qu'il descendait acheter des croissants avec ses derniers sous en poche. C'est ce jour-là que Joseph est remonté à son appartement chercher sa veste en jean pour se protéger du petit air glacé venu s'installer sur ses omoplates. Il a glissé machinalement la main au fond de sa poche, et senti sur la pulpe de ses doigts un papier roulé en boule. C'est alors qu'il s'est souvenu de la lettre qu'il n'avait pas fini de lire, il y a quelques mois. Bien des semaines s'étaient écoulées depuis l'ouverture du pli, et l'agacement de Joseph pour mes lettres énigmatiques s'était atténué.

… J'aime imaginer que les leçons transmises ces dernières années t'ont aidé à devenir un homme bon, honnête et surtout bien dans sa peau. Et puis merde, Joseph, à

quoi ça rime tout ça ? Je ne peux plus te parler comme à un enfant. Mais je ne peux pas écrire à l'homme que tu n'es pas encore devenu. Je ne peux que l'imaginer. Je ferme les yeux, et alors je te vois. Tu as vingt ans et je viens te parler de l'« humilité », une autre valeur importante à mes yeux.

L'humilité est la reconnaissance de ses limites et de ses capacités, en faisant preuve de modestie. On la considère comme une qualité opposée à l'orgueil. L'humilité t'apportera la simplicité, la modestie et le respect. Je sais, Joseph, c'est bien joli, tous ces beaux mots couchés sur le papier depuis des années. J'aurais tellement voulu te transmettre toutes ces valeurs pour de vrai, en prenant le temps de t'observer jouer, rire, pleurer, tomber, te relever et puis grandir. Je t'aurais distillé mon enseignement au bon moment, pour te consolider comme le tuteur lié à l'arbre naissant. Ne t'y trompe pas, mon chéri, ces lettres ne sont pas des injonctions, elles sont le témoignage de mon attachement.

À toi de jouer, maintenant. Tu es un homme, ce n'est plus à moi de te dicter ta conduite. À toi de trouver une situation qui te permette d'expérimenter ce qu'est cette merveilleuse qualité qui fera de toi un homme au grand cœur.

Je t'embrasse, te souhaite un bon anniversaire et tout le bonheur du monde.

Daisy.

45

Joseph relève la tête, la lettre flotte encore entre ces mains. Ses Stan Smith semblent hésiter. Les semelles en gomme sont posées sur le rebord du trottoir tandis que le bout de ses chaussures reste en équilibre au-dessus du caniveau. De l'autre côté du trottoir, le fast-food. Celui où il a ouvert la lettre, il y a quelques mois, où il a aperçu cette potiche de serveuse qui l'a tant amusé, et où il a froissé la lettre.

— Où en étions-nous ? dit Joseph à voix haute.

Ses tennis finissent par traverser la rue et pousser la porte de l'établissement.

— Vous embauchez ?

46

10 novembre 2012

— Cinq burgers et dix frites en attente, c'est pour aujourd'hui ou pour demain ? s'impatiente le manager derrière le comptoir du fast-food.

— Ça arrive ! lui crie Joseph.

Pantalon noir, polo à manches courtes anthracite, casquette assortie gris et rouge : dans sa tenue d'employé modèle, Joseph s'agite en cuisine, derrière les fourneaux, exécutant une série de gestes précis et répétitifs. Quatre rangées de steaks viennent d'être mises à la cuisson, les petits pains de mie sont ouverts et prêts à être garnis. Du bout des doigts, Joseph prélève des oignons finement hachés, des rondelles de cornichon, des tranches d'emmental prédécoupées. Pas de répit : les steaks sont déjà cuits à point. Il faut envoyer en salle le plus rapidement possible. À l'aide de sa spatule géante, Joseph les dépose délicatement un par un sur l'une des faces de chaque petit pain. Mission accomplie : Joseph a suivi le protocole de fabrication, les hamburgers tout chauds peuvent être expédiés, côté comptoir, pour être avalés sans délicatesse par les clients.

Ce rythme infernal, ces gestes réalisés à la chaîne de manière quasi automatique, Joseph les pratique depuis presque un mois. Depuis le jour de son embauche, sur un coup de tête, pour montrer à son père qu'il n'a pas besoin de lui, qu'il peut gagner sa vie seul, ici, au Burger King situé à deux pas de chez lui. Joseph y travaille quasiment à plein temps pour compenser l'argent donné habituellement par son père. Joseph n'est qu'une tête de mule. Il n'a jamais été question de lui couper les vivres, son père le lui a dit. Il n'a rien voulu savoir. Mais bon sang, qu'est-ce qu'il cherche ? Qu'est-ce qui lui manque pour donner un sens à sa vie ? Entre les cours de photo qu'il s'est décidé à prendre depuis la rentrée, sa relation foireuse avec Solange avec qui il a fini par sortir par faiblesse, et ce petit boulot qu'il a pris par défi, Joseph est au bord de l'épuisement. Plus le temps de se distraire, de souffler un peu pour voir les copains, plus une minute à lui pour faire ses courses. Son linge s'amoncelle dans son minuscule appartement, l'évier croule sous une pile de vaisselle sale, la poubelle vomit des détritus. Les voisins vont finir par se plaindre de l'odeur pestilentielle qui commence à envahir la cage d'escalier. L'autre jour, en plongeant ma tête dans son frigo, je me suis trouvée nez à nez avec une vieille banane trop mûre et une tranche de jambon blanc en décomposition. Le vide intersidéral. Je regrette presque le temps où il se gavait de petits biscuits, de céréales industrielles et de chocolat. Il est encore plus maigre qu'au début de l'été.

S'il ne se remplume pas, mon Joseph ne passera pas l'hiver.

Je reste des heures avec lui au fast-food à le regarder servir les clients, laver le sol, sortir les poubelles à la fin du service, sous la neige tombée plus tôt que prévu cette année, courber le dos devant les remarques désobligeantes des clients ou les critiques sarcastiques du manager. Sans rien dire, il encaisse, sourit, s'applique à la tâche. Comme la serveuse potiche, surnommée « Gastonne » par tous les employés, toujours aussi résignée qu'à leur première rencontre. Je sais bien que Joseph se contient et qu'il n'a qu'une envie : enlever les épaisses montures en écaille de son manager et lui casser la gueule. Les critiques qu'ils endurent en chœur les ont rapprochés. Visiblement, l'avilissement soude.

— J'ai terminé de laver le sol, dit fièrement Joseph à son manager.

— Et sous les tables de cuisson, tu y es passé ?

— Oui, c'est fait.

— Alors recommence… Sans utiliser le balai cette fois-ci, ni la serpillière…

Le manager le sait : pour y arriver, Joseph sera contraint de se mettre à plat ventre sur le sol, de tendre le bras à l'aveugle et de gratter avec une éponge pour aller chercher les petits morceaux de frites oubliés, la poussière collée par les résidus d'huile et les amas de graisse. Tu es courageux, mon Joseph, mais je t'ai demandé de faire l'expérience de l'humilité… pas de l'humiliation ! Toute tâche est honorable, à condition qu'elle soit demandée avec respect. Je sais que tu as besoin d'argent, que tu veux montrer à ton père que tu peux t'assumer seul, mais pas à n'importe quel prix !

Joseph récure sans broncher pour éviter le conflit.

Sa « potiche-partner » est revenue travailler après un arrêt maladie de quelques jours. C'est là qu'ils ont fait connaissance, à la suite de son accident du travail. La pauvre a pris la porte de service en pleine face. Cela devait arriver un jour, elle avait toujours sa visière dans les yeux. Un immense plâtre, destiné à réparer sa cloison nasale, masque à présent une bonne partie de son visage. C'est assez impressionnant, mais aussi sérieusement angoissant. Surtout lorsque ses yeux se mettent à rouler ou à s'écarquiller sous son armure de plâtre. Ce masque n'a pas l'air d'effrayer Joseph outre mesure. Le silence de sa coéquipière lui « fait des vacances », loin de Solange, la « sangsue psychopathe ».

Leurs échanges sont brefs, corrects mais sympathiques. Après plusieurs jours à cuisiner la jeune femme, Joseph a appris qu'elle était étudiante, comme lui. À l'école du Louvre. Elle rêve de devenir restauratrice de tableaux. Un métier discret, quasi muet, qui lui ira comme un gant, en a déduit Joseph. À moins qu'elle ne massacre par étourderie le sourire de la Joconde, ou rase d'un coup de pinceau les poils pubiens de *L'Origine du monde.* Elle en serait bien capable, lorsqu'on aperçoit les cicatrices sur ses poignets. Selon elle, ces entailles auraient été provoquées par la chaleur des grille-pains, approchés de trop près.

En attendant que les deux employés excellent dans leur domaine de prédilection, leurs chefs-d'œuvre gastronomiques sont attendus par des dizaines de clients affamés de l'autre côté du comptoir. C'est parti pour un tour. Petits pains, garniture, steak. Garder le rythme, ne pas fléchir, et tant pis si l'appel de la clope ou une envie soudaine d'uriner se manifeste. Hors de question de quitter son poste de travail. Pas autorisé. Les hamburgers avant tout ! Comme chaque jour, le restaurant se vide et se remplit en fonction des pics de glycémie des clients. Le premier rush commence dès midi moins le quart, puis vient la foule de douze heures trente qui se retire comme une houle pour revenir de plus belle vers treize heures. On croit que c'est fini, mais non. Ici, les clients peuvent s'empiffrer à toute heure de la journée. C'est l'attrait du fast-food. Le temps d'une mini-pause, de nettoyer son poste de travail et c'est reparti pour le rush de seize heures, celui des petites faims sucrées ; puis dix-huit heures pour la fringale avant le ciné, vingt heures pour l'après-ciné, le temps d'oublier le navet qu'on vient de voir, et enfin la vague de minuit, celle des Parisiens insomniaques et solitaires.

Joseph et sa coéquipière ont tenu la cadence toute la journée. Ils sont les seuls à s'investir autant, pour de si longues journées. Ce n'est pas banal pour des étudiants. Les autres employés les prennent pour des fous. Pour une fois, il ne s'agit pas d'une torture imposée par le manager. Joseph et Gastonne sont volontaires. Les deux étudiants ont besoin d'argent coûte que coûte.

Ce soir, le manager est resté pour faire la fermeture avec eux. Il a peu parlé, peu critiqué, contrairement à ses habitudes. Il trouve qu'ils ont bien bossé et qu'ils ont tous deux de grandes chances d'être l'employé du mois, avec une prime et un poste à responsabilités à la clé. Mais il n'y en aura qu'un. Joseph ou la fille. Le manager leur dit aussi qu'il n'arrive pas à les départager, et que tout se jouera demain. C'est dégueulasse. Ils auraient dû se méfier. Encore un cadeau empoisonné pour semer la zizanie au sein de l'équipe. Ce pervers est un adepte de la devise « Diviser pour mieux régner ».

Joseph n'en a pas dormi de la nuit. Je l'ai regardé somnoler, assise sur une chaise au pied de son lit. Je l'entendais se tourner et se retourner sur son matelas, se dire à voix haute qu'il lui faut cet avancement. Fini la plonge, les corvées de serpillière et les odeurs d'oignons imprégnées sur la pulpe des doigts. Mais comment faire ça à cette pauvre fille qui est tout aussi fauchée que lui ?

47

11 novembre 2012

Le lendemain, à l'ouverture du fast-food, les estomacs sont noués comme avant une épreuve orale. Le seul à sourire, c'est le manager. Il a placé Joseph et Gastonne côté comptoir, confrontés directement aux clients. Ce qui rend la tâche encore plus périlleuse.

— C'est vraiment un enfoiré, il cherche à nous mettre encore plus la pression, s'insurge la fille habituellement polie et réservée.

Lorsqu'on travaille en cuisine, les gestes sont répétitifs et automatiques. Pas de place pour l'impro, chacun connaît son travail. Côté caisse, c'est autre chose. Joseph et sa collègue devront composer avec les exigences des clients. Pour l'instant, ces derniers sont peu nombreux. Mais le rush de onze heures quarante-cinq vient accélérer la cadence.

Dès les premières minutes, le manager ne lâche plus les deux concurrents du regard. Son air pervers est à la hauteur du plaisir qu'il prend à les épier. Rien de mieux pour déstabiliser et pousser à la faute. C'est inévitable. Joseph et la fille ont beau connaître les gestes sur le bout des doigts, ils savent que l'un des deux finira par faire un faux pas.

Le manager se concentre sur Joseph depuis cinq bonnes minutes. Ses deux petits yeux vicieux sont à l'affût de sa moindre bourde. C'est oppressant, Joseph sent qu'il va craquer. Le supérieur le sait. Une commande d'*ice-creams* vient d'être passée. Dix glaces à réaliser d'un coup, avec des parfums différents. Pourquoi les gens ont-ils envie de glaces ? Il neige dehors. Joseph remplit un gobelet, puis deux, trois. Jusque-là tout va bien. Ses mains tremblent pourtant légèrement, rendant ses gestes imprécis. Au dernier moment, un changement de parfum de la part d'un client du groupe vient le perturber. L'annonce est comme un grain de sable glissé dans les rouages. La mécanique des gestes bien huilés de Joseph s'est grippée. Une pression trop forte de la paume sur le distributeur d'*ice-cream* remplit trop vite le gobelet. Les yeux de Joseph s'écarquillent. Il sait que la crème va immanquablement déborder, mais il ne peut plus rien y faire.

Le manager esquisse déjà un sourire carnassier. Tel un rapace prêt à dévorer sa proie, il amorce quelques pas vers Joseph, la tête légèrement baissée et les lèvres pressées l'une contre l'autre, pour souligner sa déception. Dans son dos, un grand vacarme interrompt sa sentence. Il se retourne, quittant Joseph du regard quelques instants. Gastonne vient de renverser un énorme gobelet de soda sur un client. C'est une petite mamie, frêle, venue déjeuner avec sa petite-fille, qui en a fait les frais. Le liquide acide et sombre a taché son chemisier en broderie anglaise. Le coton blanc humide laisse à présent deviner la peau craquelée des seins tombants de la septuagénaire. Elle est furieuse et gênée à la fois. Il y a de quoi. Gastonne se confond en excuses mais semble en faire un peu trop.

— Oh désolée, madame, c'est entièrement ma faute, c'est à cause de mon plâtre, je n'évalue pas très bien les distances en ce moment ! Avec un peu de vinaigre blanc vous pourrez enlever l'auréole. Vous connaissez le vinaigre blanc ? C'est assez miraculeux. Ma mère l'utili...

Un collègue plus alerte prend le relais pour calmer la petite vieille et rétablir l'ordre.

Le manager le sait. La serveuse a commis l'irréparable. Bêtement. Volontairement. Il se retourne à la recherche d'un indice qui pourrait compromettre Joseph et prouver qu'il a fait son erreur avant la fille. Une éclaboussure de crème sur le pantalon ? Les gobelets gâchés dissimulés dans le fond de la poubelle ? Rien. Le manager excédé saisit le pied de Joseph, manquant de le faire tomber en arrière. Il veut vérifier si des traces de glace à la vanille n'auraient pas été oubliées sous ses semelles. Toujours rien. Les preuves ont été effacées. Il ne reste que Joseph, employé modèle, se tenant droit comme un « i » devant son distributeur d'*ice-cream*. Il est presque au garde-à-vous, souriant, parfait, le menton peut-être légèrement trop incliné vers le haut pour être honnête.

Le manager, berné mais pas encore vaincu, révise son plan.

— Très bien. Bravo, Joseph… C'est donc toi qui remportes la mise. À toi la prime et le poste de manager adjoint.

Il se tourne alors vers la serveuse en reprenant son air libidineux.

— Gastonne, tu ne félicites pas ton ami ? Grâce à lui, tu es virée.

— Quoi ? Ce n'était pas le deal ! répond Joseph à la place de la fille. Et puis ce n'est même pas légal, vos pratiques de SS !

— Ici, c'est moi qui fixe les règles du jeu, dit-il en ignorant Joseph. Allez, prends tes affaires et quitte les lieux, je ne veux plus te voir dans mon établissement. Maintenant ! ordonne-t-il à la fille.

Le torrent de larmes qui afflue sous le masque de Gastonne l'empêche de respirer.

Joseph pense au pactole, il pense à cette prime et à ce poste qui vont le rendre autonome. Il pense à l'exemple qu'il va donner à son père. Il suffit qu'il se taise et qu'il laisse la fille encaisser. Joseph voit aussi Gastonne, celle qui s'est sacrifiée pour lui, partir le dos rond, passer devant ses collègues, rejoindre les vestiaires où dans quelques minutes, elle videra son casier pour partir à jamais. Que va-t-elle devenir ? En voulant protéger Joseph, elle a perdu son emploi, sa source de revenus indispensable pour continuer ses études ! Il n'y a pas pire humiliation pour elle. Joseph, s'il le veut, peut rétablir la situation, tout arranger, reconnaître ses torts. Il n'a qu'un mot à dire.

Le manager remonte son pantalon comme pour signifier que l'incident est clos.

— Eh merde !

— Qu'est-ce qui te prend ? demande le manager, un peu surpris.

— C'est moi qui pars, annonce Joseph.

— Allez, fais pas l'idiot.

— Il n'y a aucune raison que je remporte la mise. Je me suis planté quelques secondes avant elle.

— Je n'ai rien vu. Pas vu, pas pris. C'est comme ça, c'est la vie. Tu es bon, Gastonne est naze, on le sait tous. La sainte-nitouche dégage, et toi tu restes.

— T'as pas compris, c'est non, réitère Joseph.

— Je te l'ai déjà dit, ici c'est moi qui décide du sort de chacun d'entre vous. Rien ne me fera changer d'avis.

Les dés sont jetés, le manager ne reviendra pas sur sa décision. Joseph a manqué de courage, il devra endosser toute sa vie le départ de Gastonne. À moins que…

— Excuse-moi, tu veux bien enlever tes lunettes ?

48

15 novembre 2012

— Je lève mon verre à Joseph, déclame un jeune homme, debout, un ballon de bordeaux à la main, un Robin des Bois des temps modernes, à son âme généreuse, qui n'a pas hésité à se faire virer par intégrité !

Assis en bout de table dans ce petit restaurant italien du Quartier latin, le regard baissé, visiblement gêné par tant d'attention, Joseph ne sait plus quoi dire. Il est venu fêter sa rupture de contrat avec quelques ex-collègues du fast-food. Le manager n'a vraiment pas apprécié le coup de boule infligé par Joseph. Malgré son acte héroïque, cela n'a pas sauvé le poste de Gastonne.

— On va te regretter, mon pote, même si tu n'as fait qu'un passage éclair dans l'équipe, dit un membre du groupe.

— De toute manière, Joseph n'avait rien à faire ici, répond un autre.

Le « cas Joseph » délie les langues des invités réunis en son honneur. Je tente d'entendre la conversation malgré le guitariste qui entame sa sérénade près de mon oreille.

— Comment ça ? demande l'un des convives.

— Ben, Joseph, il n'est pas comme nous. Il n'a pas besoin de thunes, il est plein aux as !

— Ce n'est peut-être pas l'argent qu'il était venu chercher en travaillant avec nous.

— L'amour, peut-être ? ironise une fille.

— C'est ça, rêve, ma pauvre fille, t'as aucune chance.

— Il sort avec une certaine Solange !

— J'ai un scoop : c'est terminé depuis quelques heures avec elle, informe un autre.

— Moi, je crois qu'il voulait garder les pieds sur terre en venant ramasser la merde dans un fast-food.

Joseph sourit. Il semble réagir enfin aux propos tenus à son égard. Au fond de lui, il sait ce qui l'a incité à pousser la porte du fast-food pour se faire engager. Comme il sait tout aussi bien pourquoi il a renoncé à la promotion. Bravo, mon fils, tu as réussi ta mission !

— Ah, vous voyez, il sourit ! J'avais raison ! se réjouit un des convives.

— Tu es né riche, tu es né riche, c'est comme ça, tu n'y peux rien, à quoi bon lutter !

— En tout cas, moi, tu m'as réconcilié avec les gens pleins aux as. Je pensais qu'il n'y avait que des gars désabusés dans ton monde, mais pas du tout ! T'es un mec bien, Joseph.

Vingt-cinq ans
(L'autonomie)

49

Montpellier, 21 juin 2017

— Non, non, vous n'avez rien compris, les clichés de Daisy enfant vont dans le petit salon du premier étage, ceux de Daisy en tournage sont à suspendre au rez-de-chaussée du café, et les collages originaux au fond, dans la salle voûtée. Ce n'est pourtant pas compliqué !

Dans cette luxueuse chambre d'hôtel, un homme en costume noir s'agite au téléphone et fait les cent pas en brassant l'air de sa large main ouverte. C'est Oscar. Il est devenu adulte, mais il a gardé son regard d'enfant et son fort accent du Sud. Les lourds rideaux occultants sont tirés pour faire obstacle au soleil. En ce début d'été, l'astre semble chercher à pénétrer de force dans la spacieuse chambre feutrée.

Dans la pièce à côté, un jeune homme termine de se raser, face au miroir. C'est mon Joseph. L'horloge électronique posée sur la table de chevet indique que nous sommes en 2017. Joseph va fêter ses vingt-cinq ans. Je prends le temps de l'observer.

Mon garçon est si beau, si ténébreux, si triste et grave à la fois. Il a pourtant réussi son pari. Il a mené ses études artistiques envers et contre tous, est devenu un photographe très à la mode, vit entre Los Angeles et Paris ; ses clichés font recette sur le marché de la photo d'art. L'argent n'est plus un souci pour lui puisqu'il en gagne à foison. Il a même engagé Oscar en tant qu'attaché de presse personnel. Je suis si fière de lui ! Sa vie amoureuse est un peu dissolue, certes, mais enfin, il n'a que vingt-cinq ans, il a bien le temps de trouver l'amour. À part sa relation éclair avec Solange, il y a cinq ans, je ne lui connais aucune liaison sérieuse. Pourtant il a tout pour être un jeune homme heureux et épanoui. Mais mon instinct de mère perçoit qu'il ne l'est pas totalement. Il y a un coin de lui qui reste vide à perpétuité, comme une place inoccupée ou une maison inhabitée qu'on aurait laissée à l'abandon. Je sais bien l'origine de son spleen. Ce n'est pas un hasard s'il a choisi de réaliser ici, à Montpellier, une expo photo sur ma carrière.

Dans la salle de bains, son regard semble vide, ses gestes sont précis mais effectués avec automatisme. Face au miroir, Joseph scrute son visage dans les moindres détails, sans état d'âme. Tempe gauche, tempe droite, oreilles, col de chemise, dentition. Tout est *ready*.

Il sort enfin de la salle de bains. Se pose nonchalamment sur le lit pendant qu'Oscar continue à s'époumoner au téléphone.

— Ne me dites pas qu'il manque le triptyque !

— …

— Oui le triptyque, c'est ça oui, trois clichés, accrochés les uns aux autres, un triptyque, quoi... Je vous donne quatre minutes pour le retrouver, pas une de plus.

Oscar raccroche puis balance son portable sur le lit en manquant d'éborgner Joseph.

— Je me demande comment tu peux rester aussi calme, Joseph.

— T'inquiète.

— On a paumé une partie des photos de ta mère !

— Ça va le faire...

— On est à quelques heures de l'expo, Jo.

— *Yes*, dit-il en allumant la télé.

— C'est quoi ton problème, Jo, aujourd'hui ? C'est de revoir Norbert et tous ceux qui travaillaient avec ta mère qui te paralyse ? C'est de montrer ton travail à ton père ?

— Lâche-moi un peu avec ça, répond Joseph sans détacher son regard de l'écran télé.

— Tu te comportes comme un ado, Jo, j'en ai ma claque, tu fuis tes responsabilités à chaque fois.

— Tu me stresses.

— Ah ça, ce serait bien la première fois ! Monsieur n'a pas le temps de se stresser, monsieur est « l'artiste », monsieur est « le nouveau photographe à la mode » que la planète entière s'arrache !

— T'es bien content d'être mon attaché de presse, non ? Alors contente-toi de faire ton job et de stresser à ma place.

— Tu es devenu un vrai connard, Jo. J'me casse. Et tâche d'être à l'heure ce soir. Le cocktail commence à vingt heures au Café Joseph.

Tiens, il a choisi d'organiser l'exposition au Café Joseph, place Jean-Jaurès, en plein centre-ville de Montpellier. C'est un bon choix, c'est central, select, people et branché. De quoi attirer du beau monde. Et puis le nom de l'établissement lui portera certainement bonheur !

Joseph ne dit rien : il ne cherche pas à retenir son ami Oscar, encore moins à s'excuser d'avoir dépassé les bornes. En tant que maman, je suis outrée. Joseph se conduit parfois comme un petit merdeux mal élevé et impoli ! À quoi ont servi mes lettres ? Et les bons principes que je voulais t'enseigner, Joseph, tu en fais quoi ? Et si tout était inné ? Si on naissait petit con ou petit ange sans rien pouvoir y changer ?

Joseph calme ses nerfs sur la télécommande, zappe de chaîne en chaîne pour ne plus penser. Quelqu'un frappe à la porte.

— Lâche-moi, Oscar. On se retrouve à l'expo.

Le visiteur insiste, frappe à nouveau de manière plus vigoureuse. Ce n'est pas Oscar, il serait entré sans demander la permission… Une femme de chambre aurait fui à toutes jambes de crainte d'avoir dérangé un client en quête de tranquillité…

Je me glisse sous la porte, deviens fine comme du papier à cigarette. Quelle surprise, lui ici !

La porte s'entrouvre légèrement sans que Joseph ait pourtant autorisé l'entrée. Oscar a dû oublier de la claquer derrière lui. Une énorme semelle noire me broie le visage sans que j'aie le temps de me relever. Je lui pardonne, il y a bien longtemps que je ne sens plus rien. Les pas s'avancent sur l'épaisse moquette de l'entrée. Joseph aperçoit d'abord, dans l'encadrement de la porte de la chambre, des cheveux poivre et sel, puis deux yeux noirs. Les sourcils sont exagérément soulevés. Visiblement, le visiteur est surpris par l'accueil de Joseph.

— Oh, c'est privé ici !

— Tu es Joseph, Joseph Messina ?

— Ouais... On se connaît? dit Joseph, qui ne prend pas la peine de se lever de son lit.

— Je suis Fred.

Encore dans sa colère, Joseph ne semble pas reconnaître cet intrus qui a forcé le passage.

— Fred... l'agent de ta mère... Daisy, se sent obligé de préciser l'homme.

Joseph se souvient enfin. Il se redresse rapidement au fur et à mesure que la mémoire lui revient. Un peu gêné par son manque d'hospitalité, il invite son hôte à entrer et met rapidement un peu d'ordre dans la chambre en fouillis. Joseph semble se réveiller d'une longue sieste. Comme pour recouvrer ses esprits, il frotte son visage avec les paumes de ses mains.

— Fred... Mais oui, je me souviens bien de toi... Euh, de vous, dit-il en amorçant un sourire juvénile.

— Oh, tu peux me tutoyer, Joseph, je t'ai connu si petit. Tu n'as pas changé, lui dit l'agent en le dévisageant.

Fred a une dizaine d'années de plus. Ses cheveux ont blanchi, ses dents sont toujours aussi grises et son tour de taille s'est encore élargi. Visiblement, il n'a renoncé ni à l'alcool ni à la cigarette, mais a gardé ce regard pétillant et empathique. Les deux hommes se dévisagent quelques secondes sans rien dire. Leurs sourires se chargent de combler les silences embarrassants. Cela me fait plaisir de les voir réunis.

— Tu ressembles beaucoup à ta maman.

— Merci, dit Joseph pudiquement.

— Je t'aurais reconnu entre mille. Tu as ses yeux.

Joseph baisse le regard, troublé.

— Cela fait tellement longtemps… Tu vis toujours ici ?

— Oui, j'ai vu les affiches de l'exposition un peu partout dans la ville… alors je me suis dit que j'allais passer.

— Désolé, j'ai oublié de t'inviter. Tiens, voici deux entrées.

— Non, non, ce n'est pas pour ça que je suis venu… Tu n'as pas oublié…

Préoccupé depuis des mois par la mise en place de son expo photo, Joseph ne semble pas comprendre.

— Je suis venu pour la lettre… C'est la dernière.

50

— Je pensais te trouver à la maison de la plage, mais c'était fermé lorsque j'y suis passé, précise Fred en tendant l'enveloppe à Joseph.

Joseph prend la lettre. Le geste est si solennel qu'on se croirait à une remise de diplôme universitaire. Je le vois dans son regard : Joseph sait que ce sera mon dernier pas vers lui. L'ultime lettre que j'ai écrite en pensant à lui, la dernière chose que j'ai touchée avant de me faire écraser par ce maudit camion. Elle est encore chargée de tout mon amour pour toi, mon Joseph. Cet amour a traversé le temps pour arriver jusqu'à l'adulte que tu es devenu. Cela rend le geste de Fred encore plus émouvant. J'ai l'impression d'assister à une transmission. Ensuite, clap de fin, maman ne donnera plus signe de vie. Je tirerai ma révérence, mon petit Joseph, définitivement puisqu'il n'y a plus de lettre ! J'aurais dû partir bien avant, mais je te sentais encore si fragile, comme un funambule marchant sur un fil au-dessus du Grand Canyon. J'ai si peur qu'il ne reste rien de nous. La chaleur des moments que nous avons partagés va peu à peu se dissiper. Les souvenirs vont se vider de leurs émotions pour devenir de simples images. D'abord en couleurs, puis en noir et blanc. Et puis tu oublieras. Je ne serais qu'un vague personnage lointain. C'est peut-être dans l'ordre des choses, tout ça.

Joseph soupèse le pli. Il est d'abord surpris par sa légèreté, imperceptiblement posé sur la paume de sa main droite. Il est aussi beaucoup plus mince. Le message semble tenir sur une seule feuille. De maigres adieux se dessinent. Peu importe la quantité, Joseph s'en fout : cette lettre, c'est encore un bout de sa mère qui traîne près de lui malgré cette saloperie de maladie, malgré ce foutu camion. Mon ADN vit encore à l'intérieur, entre les lignes, mêlé à l'encre bleue, imprégné dans le grammage du papier. Joseph a compris. Il sourit. Les yeux toujours baissés vers l'enveloppe, comme s'il cherchait à masquer son émotion, il demande à l'agent de lui parler de moi.

— Comment était-elle ?

— Belle… de l'intérieur. Elle était vivante, aimante, inspirante.

— Tu étais amoureux d'elle ?

Fred marque un silence, pèse ses mots.

— Ta mère faisait partie des femmes qu'on peut ne voir qu'une seule fois et qui vous rendent dingue à jamais… Même quand on est gay.

— Pourquoi m'a-t-elle abandonné ?

— Tu crois vraiment qu'elle a fait ça, Joseph ?

— Elle aurait dû se battre encore plus fort ! Pour rester. Pour moi.

— Elle était en train de le faire… s'il n'y avait pas eu cet accident.

— Elle me manque tellement… C'est pour elle, tout ce que j'ai fait : mon métier de photographe, cette expo. J'aurais voulu qu'elle soit là pour me conseiller, pour la voir fière de moi !

— Tu vas lui rendre un bel hommage ce soir, Joseph.

— Ouais, et après l'expo… Qu'est-ce que je deviens ? C'est quoi le sens de ma vie ?

— Le chemin est long pour ceux qui ont été maltraités par la vie, mais tu vas trouver ta voie.

Fred quitte la chambre à reculons, pour ne pas déranger Joseph, perdu dans ses pensées, qui ne remarque pas son départ. Il reste ainsi quelques instants, debout, sans un geste, à se demander à voix haute quel sens il va bien pouvoir donner à sa vie désormais. Sans sa mère, les missions, toutes ces lettres qui étaient parfois comme des liens noués trop serrés autour de ses poignets.

Joseph saisit un petit objet dissimulé dans sa valise restée ouverte au beau milieu de la pièce et quitte la suite comme un fou furieux. Il s'engouffre dans l'ascenseur puis se jette dans un taxi en stationnement devant le Crowne Plaza. Il ne reste que deux heures avant le début du vernissage.

51

Une fine couche de poussière nacrée s'est déposée au fil du temps sur le mobilier, seul signe apparent que les habitants ont quitté les lieux il y a longtemps. Pourtant, les meubles ont conservé leur place ; les portes de chaque pièce, restées entrebâillées, donnent l'illusion que la maison est encore habitée. On pourrait, en fermant fortement les yeux, sentir s'échapper des fourneaux de la cuisine l'odeur des cookies fabriqués par Filipa, au temps du bonheur. Les arômes de chocolat chaud, de vanille et de beurre fondu, avaient le pouvoir de nous souder les uns aux autres. Rien n'a changé à la maison de la plage. Des rires d'enfants font brusquement se retourner Joseph, qui croit apercevoir dans le salon un petit garçon courir après une fille du même âge. « Une hallucination, ce n'est rien d'autre qu'une hallucination, provoquée par tous les pétards que j'ai inhalés ces derniers temps », pense Joseph. Pourtant je les vois moi aussi, ces enfants ! Leur image est pâle comme un film qui aurait mal vieilli.

Joseph est descendu du taxi, a traversé le jardin en friche, est passé devant la tombe d'Hubert (enterré ici par Raphaël), a glissé la clé dans la serrure et poussé les volets pour laisser pénétrer la lumière. Le soleil couchant a inondé la maison. Le joyau n'a pas bougé. Les bruits familiers des pas sur le parquet, celui de la baie vitrée que l'on ouvre en grand ramènent Joseph à l'époque du doux bonheur auprès de ses parents. Face à la mer, sur la terrasse où j'aimais tant m'assoupir entre deux jours de tournage, Joseph remplit à bloc ses poumons d'air iodé. On dirait qu'il cherche à se gorger de souvenirs. Il ne me voit toujours pas. Il ne me verra jamais. Il y a tant d'années que je me tiens à ses côtés. Mais qu'importe si ma présence est réelle ou non, elle existe dans le cœur de Joseph. Il la sent. Elle éclabousse son âme et soulève sa poitrine. Je suis en lui pour la vie !

Nous revoici enfin tous les deux dans notre maison, mon petit garçon. C'est bon d'y retourner. Pendant quelques minutes, nous restons ainsi à admirer l'horizon. Le soleil se couche sur la mer ; les cris des joueurs de beach-volley et les rires des familles venues pique-niquer viennent troubler le recueillement de Joseph. Agacé, le jeune homme retourne rapidement à l'intérieur de la maison, puis ferme brusquement la baie vitrée. Il monte les marches quatre à quatre. Je le retrouve au premier étage, prostré devant l'ancienne chambre de Louise, puis il se dirige vers la sienne et enfin la mienne, se contentant, à chaque fois, d'ouvrir en grand les portes sans y pénétrer.

Il choisit plutôt de s'installer dans le vaste home cinéma. Il allume le grand projecteur, engouffre un DVD dans le lecteur. Ça ne fonctionne pas. J'aide le destin en posant ma main chargée d'énergie céleste sur le lecteur.

— Miracle, l'électricité n'était pas coupée ! se réjouit Joseph.

Un film commence. L'un de mes films. Je crève la toile dès le générique. C'est mon préféré. Absorbée par l'écran, j'en oublie pendant quelques instants la présence de Joseph. Je me retourne vers le canapé une fraction de seconde plus tard, à la recherche d'un rire complice avec lui. Mais il a disparu. La vue de ce siège vide me plonge dans un profond sentiment d'abandon.

Je retrouve Joseph dans ma chambre. Face à la penderie, mon flacon de parfum à la main. Mes robes sont toujours là. Suspendues à leurs cintres, elles espèrent l'occasion d'une belle soirée, d'un soir de gala pour briller à nouveau. Elles sentent encore mes notes d'agrumes et de verveine, mêlées à l'odeur de renfermé qui s'est invitée avec les années. Joseph laisse ses doigts pianoter sur les volants des robes de soirée comme il aimait le faire enfant. Il s'assoit par terre, respire le bas de l'une d'entre elles, puis la décroche. C'est la plus belle, elle est signée Azzedine Alaïa. Une robe de mariée ne serait, à côté, qu'une tenue sans intérêt.

Joseph enlève soudain son tee-shirt blanc avec virilité et enfile la robe. Sa minceur, qui se maintient depuis des années, lui permet de ne pas endommager la précieuse tenue en tulle. L'ouvrage est si fin, si fragile. Je suis surprise. Limite envieuse.

Elle lui va si bien. Ses épaules sont dénudées, le bustier enserre parfaitement sa poitrine et les épaisseurs de tulle constituant les volants dissimulent discrètement son jean et ses chaussures.

Divinement vêtu, Joseph rejoint la salle de projection. Il a troqué au passage ma fiole de parfum contre une bouteille de gin. Il boit face à l'écran. Il boit beaucoup. À ma santé. Joseph ne va pas bien. Joseph ouvre tous les albums photos à la recherche de mon visage. Un cliché semble capter son attention. Il le décolle de la page sans ménagement. C'est un gros plan de lui et moi. Sur le cliché, ses yeux d'enfant me regardent comme si j'étais une déesse. Sous l'effet de l'alcool et de l'émotion, Joseph tombe à genoux.

— Mais bordel, t'es où maman, comment je vais faire pour continuer sans toi ? Ton absence m'étouffe !

Joseph, il est temps que tu me places au bon endroit dans ton cœur !

Au même instant, le film projette mon visage en gros plan sur l'écran. La chanson *Daisy*, de Christophe, vient illustrer la bande-son. Je suis belle, sublime, vivante. Et mon fils, lui, est au bord du gouffre. La musique se fait de plus en plus forte. Nous allons devenir fous à nous torturer de la sorte. Tu vivras, Joseph, avec ou sans moi ! Il sera bientôt temps pour moi de m'éclipser. Il le faut à présent, pour toi. D'ailleurs, depuis quelque temps ma silhouette se crypte. Parfois je deviens translucide ; à d'autres moments, je me sens comme une pile alcaline vidée de son énergie. Ça sent la fin, tout ça. J'ai peur. Qu'est-ce qui m'attend ailleurs ?

Joseph, comme par instinct de survie, se relève et redescend précipitamment l'escalier, manquant de trébucher. Il fait le tour du jardin, ouvre la porte du garage et se place au volant de mon spider Alfa Romeo. Il est à lui à présent. Les clés sont sur le contact. Après toutes ces années, elle ne démarrera jamais. Pourtant, son moteur se fait entendre au premier tour de clé. Un miracle, un exploit mécanique ou mon intervention divine ? Peu importe.

Dans sa décapotable, Joseph quitte en trombe la maison… sans prendre le temps de se changer, ma dernière lettre dans la poche de son jean et la robe blanche volant au-dessus de ses épaules sous l'effet de la vitesse.

52

Il ne pourra pas aller plus loin. Le quartier de l'Écusson est réservé aux piétons. Avec la fête de la musique ce soir, la circulation est encore plus difficile qu'en temps normal. Joseph a planté son Alfa Romeo aux abords de l'arc de triomphe. Deux roues dans le vide laissant le petit bolide en équilibre sur les marches à l'entrée du jardin du Peyrou. Entre chien et loup, Joseph redescend à pied la prestigieuse rue Foch. Sur le terre-plein central, il prend soin de relever sa belle robe, mais conserve une démarche nonchalante et virile à la fois. La rue est bondée de monde. Des touristes en bermuda, des étudiants un peu ivres, des enfants dissipés… Les passants s'amassent à chaque coin de rue pour écouter les musiciens ambulants. Joseph, en robe de soirée, passe inaperçu. Il y a des soirs, comme ça, où toutes les excentricités semblent permises. Dans quelques minutes, il entrera dans le Café Joseph, où a lieu le vernissage. Il est vingt et une heures trente, Joseph a plus de deux heures de retard. Il n'a pas répondu aux appels incessants d'Oscar sur son portable ces dernières heures.

Le rebelle en dentelles traverse à présent la place Jean-Jaurès, monte les dernières marches de la terrasse centrale puis s'engouffre dans le café chic et branché, fief des mondains de la ville. Le portier l'a reconnu malgré sa tenue inattendue : il s'écarte naturellement pour le laisser passer.

Oscar se tient sur la petite estrade aménagée le temps du vernissage. Devant lui, un parterre d'invités suspendu à ses lèvres. Un micro à la main, il tente de meubler l'absence de Joseph depuis d'interminables minutes. Joseph fend la foule, poussant des dizaines de dos pour enfin monter à son tour sur la scène. Les rires, les bruits de verre, les conversations tenues à voix basse jusque-là s'amenuisent peu à peu à la vue de ce convive qui s'apprête à prendre la parole. Oscar, lessivé par sa prestation de chauffeur de salle, a d'abord du mal à reconnaître son ami. Sans joie ni colère, il lui tend le micro. Mais c'est bien trop conventionnel pour Joseph ! L'homme en robe de mariée préfère grimper sur le précieux sofa disposé sur l'estrade. Il regarde un instant la foule. Il aperçoit Raphaël, Ambre, mais aussi ses grands-parents, Norbert, Fred, puis tous les autres. Dans l'expression de leur regard, on sent bien qu'ils redoutent le pire. Joseph est si imprévisible. L'enfant terrible leur sourit furtivement. Une lueur est faiblement perceptible dans son regard. Il préfère cacher son émotion derrière son arrogance. Pour tenter de rester debout en équilibre, il piétine de ses énormes chaussures le velours rouge du précieux canapé. Puis il s'élance, propulsant ses deux jambes en avant pour atterrir les fesses sur le canapé. Joseph est visiblement ivre. Ou du moins, mal en point.

Il grille une cigarette sans jamais lâcher son micro. La foule se tait à présent. Je me tiens à quelques centimètres de Raphaël et Ambre, prête à écouter, comme le reste de l'assemblée, ce que le petit génie veut nous dire. Il tire une longue bouffée qu'il savoure quelques instants avant de la délivrer de sa bouche. Puis il s'exprime enfin. La tête baissée, les jambes écartées, les coudes sur ses genoux, sans jamais regarder le public.

— Elle était belle, elle était unique et c'était ma mère, murmure-t-il péniblement avec ses faux airs de Kurt Cobain. C'était ma mère, et je ne veux pas que son image s'efface… Vous comprenez ? Vous comprenez, ça ? se met-il à hurler au micro.

Le premier rang recule, craignant un débordement de l'artiste. En titubant, Joseph s'extirpe du profond canapé. Il balance son micro sur les épais coussins pourpres, puis retraverse la foule comme il est venu. L'assemblée baisse les yeux, un peu gênée par un discours si décousu, ne sachant pas s'il faut, au bout du compte, s'indigner ou crier au génie.

Joseph se dirige vers le fond du café expo sans que personne n'ose l'intercepter puis traverse la seconde salle voûtée en direction des toilettes. Peu à peu, la foule se fait plus rare. Et puis, plus personne. Sauf lui et moi. Il écarte alors le lourd rideau en velours rouge qui dissimule la porte des toilettes. Au moment de tourner la poignée, un léger courant chaud se faufile sur ses épaules dénudées. Attiré par l'appel d'air, il aperçoit une petite porte entrebâillée qui donne sur les marches d'un étroit escalier en pierre. Le passage est privé, mais cela ne refrène pas son envie. Joseph s'engouffre dans la zone interdite qui semble mener jusqu'au toit. Il laisse la curiosité guider ses pas. Dans le long tunnel noir, quelques notes de la chanson *Daisy* résonnent.

— J'arrive, maman, dit Joseph dans un filet de voix.

Je ne peux retenir ma douleur. Non, pas ça, mon Joseph ! Ça ne doit pas finir comme ça.

Derrière lui, une ombre marche dans son sillage. Je pensais pourtant être le seul fantôme !

53

21 juin 2017

La foudre vient de frapper fort. Le choc est violent. Joseph a été projeté à terre sous l'effet du souffle. Il a l'impression d'avoir perdu l'ouïe. La fille aussi. En position de repli, les mains sur la nuque, il ne leur reste qu'un filet d'air pour prier à voix basse. En ce qui me concerne, ce n'est guère mieux. La déflagration a flouté mon spectre, à moins que je ne sois déjà en train de disparaître à jamais. Mes mains deviennent translucides, mes pieds s'effacent à leurs extrémités, le tissu de ma blouse blanche s'affine. Ma mission touche à sa fin. J'ai peur. Qui me rappelle ? Pour aller où ?

L'éclair est tombé sur les toits des immeubles un peu plus loin. Au bout de la rue, une fumée noire s'échappe du dernier étage de l'un d'entre eux. Son toit n'est plus qu'un trou béant cisaillé par la lame de feu surgie du ciel. Les secours s'organisent déjà au loin. La police aura bien mieux à faire que de monter sur ce toit, récupérer deux fadas égarés. Encore sonnés, Joseph et la fille se relèvent au ralenti. Autour d'eux, c'est un monde silencieux qui s'est installé. En bas, la musique a cessé.

— Qu'est-ce qui s'est passé ? demande Joseph

— J'ai tout vu, j'te dis ! reprend la fille.

— Tu ne perds jamais le nord, toi ! dit-il, encore un peu sonné, en réajustant son bustier.

— J'étais là !

— Où ça ?

— Sur le toit, c'est toi qui es arrivé en premier, pas moi !

— Putain, mais tu hallucines, ma pauvre fille !

— Je t'ai suivi !

Joseph porte soudain ses mains à son crâne. Son oreille est en sang. Il chancelle, perd l'équilibre.

— Tu me saoules, j'veux plus t'entendre, t'as compris ?

— Je t'ai suivi sur ce toit, j'ai été invitée à ta putain de fête.

— Mais non, il faisait déjà très sombre mais je t'ai vue, tu étais là et je t'ai empêchée de sauter !

— Ça, c'est ce que tu crois. J'étais derrière toi dans l'escalier. Je t'ai trouvé là, sur le toit avec ta lettre au bout des doigts. Encore une lettre de ta cinglée de « reum ». Mon chéri, pense à moi, je ne t'oublierai jamais, je vais t'apprendre la vie depuis le paradis ! grimace-t-elle.

— Tu divagues, je vais t'emmener à l'hôpital, te faire interner !

Joseph titube de plus en plus, saoulé par les propos insistants de la fille, rattrapé par la vérité qu'elle lui lance au visage.

— J'ai simulé ma propre chute pour t'empêcher de sauter...

Joseph est au bord du malaise, tourne sur lui-même. Il ne veut plus l'entendre. Sa robe longue tournoie follement, comme les crinolines sur la piste de danse d'un bal viennois.

— Tu chialais comme une gonzesse avec la lettre au bout des mains.

— Arrête !!!

— Qu'est-ce qu'il y a ? Tu t'es fait plaquer par ton mec ? Comme il danse bien, elle est belle ta robe, hein ? se moque-t-elle en s'emparant de son volant pour le faire tourner encore plus vite sur lui-même.

Si elle continue à tirer sur le tissu de la robe, Joseph risque de tomber dans le vide.

— Y a pas de honte, tu sais, à aimer les garçons ! ricane-t-elle. C'est pour ça que tu veux faire le saut de l'ange ?

— Tu débloques, ma vieille ! Je vais te montrer qui je suis.

Animé d'un regain d'énergie, Joseph saisit fermement la fille par le cou et la mâchoire, d'une main déterminée à serrer. Elle détourne le regard, ramenant sans cesse sa mèche sur ses yeux. Changement de cavalier, Joseph reprend les rênes. Entraînés de quelques pas vers l'arrière, leurs corps enchevêtrés touchent violemment le mur de la cheminée. Leurs bouches se confondent, leurs souffles sont puissants et courts. Joseph glisse sa langue sans permission dans la bouche de son insupportable partenaire. Est-elle consentante ou totalement victime ? Personne ne le sait. Même pas eux.

Une pluie fine et tiède se met à tomber sur leurs corps humides et chauds. Leur désir s'accentue.

— J'aime quand c'est direct, lui dit-elle.

— Tu vas être servie.

— J'ai envie de toi.

— Je vois ça.

— Qu'est-ce que tu attends pour me baiser...

Elle déchire le corset de Joseph, tente de glisser ses mains sous les épais volants pour atteindre son sexe dur. Elle sourit. Manifestement, elle a visé juste. Pour la première fois depuis leur rencontre, plus rien ne semble les opposer. Plus de cris, plus d'insultes. Ils se sourient, se dévorent les lèvres presque à tâtons dans cette nuit profonde. L'envie violente des corps se mêle à un élan de tendresse dissimulé.

Elle l'excite, approchant ses lèvres des siennes comme pour les mordre, puis se refuse au dernier moment, cloue Joseph dans une profonde frustration. Joseph est au bord de l'implosion. Soufflant le chaud et le froid à chacune de ses caresses, la fille experte maintient Joseph au bord de l'orgasme.

— Tu vas me faire jouir.

— Pas tout de suite, lui chuchote-t-elle.

Joseph déboutonne enfin le jean de la jeune femme. Impossible de le retirer. Avec ses Dr. Martens, c'est pas commode. À demi-mot, en un simple regard, les deux enfants terribles trouvent la bonne position.

Je ne peux pas assister à la suite de la scène, c'est mon fils ! Blottie de l'autre côté du conduit de la cheminée, je devine pourtant la suite de leurs ébats.

Joseph retourne virilement sa partenaire totalement soumise, le temps du jeu. Elle écarte les jambes et son souffle s'accélère. Joseph la penche légèrement en avant. Les mains de la jeune femme s'agrippent aux briques mouillées de la cheminée. Ses doigts se tendent puis se rétractent selon l'intensité du plaisir éprouvé. Le sentiment d'urgence, la possibilité d'être surpris à tout moment augmentent leur désir.

— Vas-y ! Maintenant, Joseph !

Joseph ne se fait pas prier. Plus de tension, de rancœur, d'animosité. Ils n'en sont plus là. Dans un gémissement assourdissant, les deux amants s'abandonnent l'un à l'autre. Les corps restent là, debout, emboîtés et pliés légèrement vers l'avant. Ce qui stimulait les deux amants avides de sexe il y a quelques secondes à peine, ne semble plus comporter le moindre intérêt. L'excitation laisse rapidement place à la gêne et à la pudeur.

La pluie a cessé. Par réflexe, dans la précipitation chacun ramasse ses affaires abandonnées durant les ébats et remet sa carapace sans dire un mot. S'ils avaient osé exprimer ce qu'il ressentent véritablement, peut-être seraient-ils restés enlacés l'un contre l'autre pour profiter du moment. À caresser leurs corps en train de tiédir.

Dos à dos, sans se regarder mais pourtant attentifs à la présence de l'autre, Joseph et sa partenaire réajustent leurs vêtements imbibés d'eau de pluie.

— Au fait, pourquoi est-ce que tu aurais été invitée à mon vernissage ? On se connaît ?

Trop intriguée par l'enveloppe blanche tombée de la poche de Joseph, la fille oublie de répondre.

— Allez, c'est reparti, tu refais ta tête de cochon ? lance Joseph affairé à ajuster correctement son corset.

Lorsqu'il relève la tête, la fille tient entre le pouce et l'index l'angle de l'enveloppe.

— Pas touche, c'est ma lettre, lui dit-il en la lui arrachant des mains.

— La pluie l'a mouillée.

— C'est pas grave.

— Elle est foutue.

— Elle va sécher.

— Tu ne pourras rien lire, l'encre s'est diluée.

La tête baissée vers la lettre, Joseph s'efforce de ranimer le pli en l'épongeant sur son jean. L'enveloppe est humide, certes, mais elle reste fermement scellée. S'il en prend soin, Joseph aura peut-être une chance de lire le dernier message.

La police est en bas. Tiens, les flics n'ont finalement pas lâché l'affaire. Quelques officiers lèvent la tête en direction du toit. Ils désignent Joseph du doigt. Dans quelques minutes, ce sera fini, les histoires de lettres, ce moment insolite et sensuel entre eux. Les deux forcenés seront arrêtés pour tapage nocturne, tentative de suicide ou d'homicide selon la version qu'ils donneront aux policiers.

Se tenant toujours au bord du toit, la lettre à la main, Joseph semble encore hésiter, prêt à plonger dans l'immensité. Lorsque, par-derrière, une main, puis deux, viennent se glisser lentement sur ses hanches, comme pour lui apporter une réponse. Des bras fins et réchauffés l'entourent et le rassurent. Ce ne sont pas les miens, mais ceux de la jeune femme blottie contre son dos. La douceur inhabituelle qu'elle s'efforce à déployer surprend d'abord Joseph, puis, peu à peu, l'aide à lâcher prise. Je me recule d'un pas. Cédant la place. Tout est en ordre à présent. Joseph ouvre peu à peu ses doigts, laissant s'échapper la lettre.

Qu'as-tu fait, Joseph ? me mets-je à sangloter sur mon carré de tuiles. Pourquoi as-tu lâché la lettre ? Joseph n'est pas allé jusqu'au bout du jeu, il ne découvrira jamais mon dernier message !

Je reste recroquevillée, le visage enclavé entre mes genoux, comme une enfant inconsolable.

— Après tout je m'en fous, se résigne-t-il à dire.

— Non, attends, fais pas ça ! crie la fille en rattrapant l'enveloppe in extremis.

Profitant de la confusion de Joseph, elle prend la liberté de l'ouvrir avec précaution puis en extrait une page totalement vierge.

Oui, mon Joseph, c'était ça, ma dernière leçon. Tu es libre ! À toi maintenant d'écrire ta propre histoire.

Joseph n'est pas vraiment surpris par le contenu. Peut-être sentait-il déjà ce vent de liberté souffler en lui. Dans un sourire complice, les deux amants laissent tomber la feuille blanche pour de bon. Plus bas dans la rue, perdue entre les voitures de police et les orchestres pliant bagage, la page poursuit sa course dans l'eau ruisselante du caniveau.

— Comment tu t'sens, Jo ? demande la fille avec douceur.

— Entier.

La pluie d'été s'est remise à tomber. Joseph et la fille, toujours enlacés, regardent droit devant eux en direction des toits encore dans l'obscurité. L'air apaisé, ils semblent savourer cet instant suspendu. Il est temps pour moi de partir. Les pieds dans le vide, je me place en lévitation face à eux. J'utilise une ultime fois le pouvoir de l'eau. La pluie fait apparaître les fins contours de mon spectre. Je ressemble à une statue sculptée dans un bloc de glace. Je souris à Joseph qui me voit. Pour de vrai. Je dépose un dernier baiser sur son front avant de disparaître dans la multitude de gouttelettes d'eau de pluie attendues sur le sol.

Ce n'est pas perceptible par le commun des mortels, mais les plus beaux clichés de notre vie d'autrefois m'accompagnent dans mon dernier voyage vers l'asphalte. Tu les vois, Joseph, tu les vois peut-être comme moi ? La maison de la plage, nos jeux sur le sable, notre balade en petit train, Hubert le chien, cette pauvre fourmi congelée, nos parties de fous rires dans la cuisine avec Filipa et Louise… Et toi, toujours toi, dans mes bras, sur le sable.

Les forces de l'ordre déboulent sur le toit. Par sécurité, les deux forcenés sont plaqués rapidement au sol par les policiers. Les officiers s'agitent, sécurisent le périmètre. À plat ventre, loin du bruit qui les entoure, Joseph et la fille, côte à côte, faisant preuve d'un calme hors norme, tournent leurs visages l'un vers l'autre.

— Au fait, comment tu t'appelles ? lui demande-t-il.

— Louise, dit-elle en faisant glisser jusqu'à lui le porte-clés de la Coupe du monde de foot 1998.

54

Les recettes de la maison de la plage

L'eau citronnée à la menthe fraîche

– 1 botte de menthe fraîche
– 4 citrons bio
– 600 ml d'eau
– 60 ml de sirop de grenadine
– 180 ml de limonade
– 30 g de sucre de canne
– 400 g de glaçons

Dans une grande casserole, portez à ébullition l'eau et le sucre de canne. Dès que l'eau bout, retirez-la du feu et jetez dedans les 2/3 des feuilles de menthe fraîche. Laissez infuser environ 30 minutes, puis filtrez. Lorsque le liquide est à température ambiante, ajoutez le jus des 4 citrons en conservant quelques rondelles pour plus tard, puis placez au réfrigérateur quelques heures. Au moment de servir, ajoutez pour une touche déco les feuilles de menthe restantes, les rondelles de citron, les glaçons, la limonade et le sirop de grenadine.

Le framboisier simplifié au chocolat de Filipa

– 5 œufs
– 1 barquette de framboises fraîches (environ 400 g)
– 300 g de chocolat noir
– 80 g de sucre en poudre
– 1 sachet de sucre glace
– 25 g de farine
– 20 cl de crème fraîche
– 20 g de beurre
– un peu de rhum
– sel

Faites chauffer votre four à 180 °C. Fouettez les blancs d'œufs en neige avec du sel. Faites fondre au bain-marie le chocolat en morceaux, puis ajoutez au fur et à mesure les jaunes d'œufs, la crème, la farine, le sucre, le rhum, en remuant sans cesse. Avec minutie, incorporez en dernier les blancs en neige. Beurrez un moule rond et versez le mélange à l'intérieur. Ajoutez des framboises en bonne quantité, que vous enfoncerez dans le gâteau de manière bien répartie. Mettez au four durant 30 minutes. Surveillez la cuisson à l'aide d'une pointe de couteau : si elle ressort propre, c'est que la cuisson est suffisante. Laissez refroidir, démoulez et passez ensuite à la décoration en disposant en cercle des framboises sur le dessus du gâteau. N'oubliez pas d'ajouter du sucre glace.

La soupe de légumes d'été de papi Edmond et mamie Jeanne

– 2 aubergines moyennes
– 2 courgettes
– 2 grosses tomates
– 1 poivron jaune, 1 poivron rouge et 1 poivron vert
– 3 carottes
– 2 oignons
– 1 gousse d'ail
– 1 cube de bouillon de volaille
– 1 bouquet garni de laurier, thym et romarin
– 1 verre de vin blanc
– 2 cuillerées à soupe d'huile d'olive
– sel et poivre

Rincez les légumes. Sans les peler, coupez les aubergines en cubes et les courgettes en rondelles. Épluchez les carottes et émincez-les. Épépinez les tomates et coupez-les en gros dés. Réalisez la même chose pour les poivrons. Pelez les oignons et l'ail et coupez-les en 4.

Faites d'abord revenir l'ail, les carottes et les oignons dans une poêle avec un peu d'huile. Ajoutez ensuite les autres légumes, le verre de vin blanc, salez, poivrez et laisser cuire 35 minutes. Rajoutez ensuite deux litres d'eau, le bouquet garni et le cube de bouillon de volaille, puis laissez cuire 20 minutes. Vous pouvez servir ainsi avec les légumes entiers, ou bien mixer la soupe pour obtenir un potage. À consommer chaud comme froid.

Astuce : pour ne pas pleurer comme Oscar et Joseph en épluchant les oignons, pensez à les plonger pendant une minute dans l'eau bouillante et retirez la fine peau transparente.

Bon appétit !

Remerciements

On ne se rend pas bien compte, lorsqu'on commence à écrire un roman, de tout ce qui va changer dans notre vie durant les mois à venir. Pourtant, c'est le quotidien entier qui est bouleversé, comme celui de notre entourage. Pour ma part, j'ai plongé encore une fois, sans retenue et avec délice, dans l'histoire de mes héros, sans savoir bien souvent où cela me mènerait. Comme à chaque fois, j'ai eu le sentiment d'avoir emprunté un joli chemin, guidée par les émotions de mes personnages. Nous avançons à l'unisson.

Daisy et Joseph m'ont tenu compagnie un été, un automne et un hiver. Ils sont en moi pour toujours. Je vous les livre. Prenez-en soin. Ils sont à vous à présent.

Un roman est l'affaire d'un écrivain, certes, mais aussi d'une famille bienveillante autour de lui. En ce qui me concerne elle va bien au-delà de celle du sang.

J'embrasse Monique et Roger Vandewalle, qui m'ont offert durant quelques mois une résidence d'auteur au soleil, face aux bateaux. J'étais bien, au bord de la mer.

Merci à mes amies Angélique, Estelle, Christine et Anne, qui ont été une fois de plus mes premières lectrices (mais elles savent qu'elles sont bien plus que cela).

Merci aussi à mes fées Laurence Katché et Christine Asmodè de croire encore plus fort que moi en mes rêves démesurés. À Annie Attias et Pierre Vinuesa, qui ont toujours créé une aura positive autour de moi.

Merci au destin, au hasard et à mon obstination pour ce jour merveilleux où j'ai entendu pour la première fois au téléphone la douce voix de Vanessa Springora. J'ai eu l'impression que nous nous choisissions mutuellement.

À tous ceux qui m'ont inspiré ce livre, encore avec nous ou partis ailleurs. À Jérôme Sanchez, que j'ai si peu connu mais qui m'a tant marquée.

À tous ceux qui portent en eux, tout comme moi, la cicatrice d'un parent parti trop tôt.

Je ne peux que remercier mon mari de m'avoir offert le privilège de vivre une nouvelle fois cette aventure littéraire comme je l'entendais. D'avoir assuré pour tous les à-côtés, pardonné mes excès, calmé mes doutes, supporté mes exaltations, et cela sans jamais douter de mes capacités. Merci aussi à lui de m'avoir dit la vérité quand il le fallait.

Enfin, à notre fils, Sacha, à qui je souhaite de trouver, par lui-même, son magnifique chemin de vie…

La playlist de Daisy

– *Daisy*, Christophe
– *Souris puisque c'est grave*, Alain Chamfort
– *Speed*, Zazie
– *Ton héritage*, Benjamin Biolay
– *Le Large*, Françoise Hardy
– *Tant de belles choses*, Françoise Hardy
– *Si t'étais là*, Louane
– *Everytime*, Britney Spears
– *Ma dernière lettre*, David Hallyday
– *Lâche-moi !*, Clarika
– *La Chanson des vieux cons*, Vanessa Paradis
– *Au soleil*, Jenifer
– *Cadeau*, Marie Laforêt
– *Can't Get You Out Of My Head*, Kylie Minogue
– *Family Affair*, Mary J. Blige
– *Don't Stop the Music*, Rihanna
– *Blue Magic*, Jay-Z et Pharrell Williams
– *I'm Coming Out*, Diana Ross
– *I Can Only Imagine*, David Guetta
– *Ce soir et demain*, Circus, Calogero, Stanislas, Philippe Uminski, Elsa Fourlon et Karen Brunon

Rien n'est écrit

- *Circus*, Mélanie Laurent
- *Both Sides Now*, Joni Mitchel
- *Don't Stop Me Now*, Freddie Mercury

Et vous, quelles sont les valeurs essentielles que vous aimeriez transmettre à vos enfants ?

Pour suivre mon actualité et correspondre avec moi, rendez-vous sur

Ma page Facebook
Sandrine Catalan-Massé Écrivain
Mon compte twitter @SandrineCatalan
Instagram @catalanmasse
Mon site Internet
www.sandrinecatalanmasse.com
Mon adresse mail
sandrine.catalan.masse@gmail.com

La photocomposition de cet ouvrage
a été réalisée par
GRAPHIC HAINAUT
30, rue Pierre-Mathieu
59410 Anzin

Imprimé en France par CPI
en mai 2020

MIXTE
Papier issu de sources responsables
FSC® C003309
www.fsc.org

L'Éditeur de cet ouvrage s'engage
pour la préservation de l'environnement
et utilise du papier issu de forêts gérées de manière responsable.

N° d'édition : 60355/01
N° d'impression : 157810